窗邊的小荳荳

窓ぎわのトットちゃん

黑柳徹子 著
岩崎知弘 圖
王蘊潔 譯

謹以此書獻給已逝的小林宗作老師

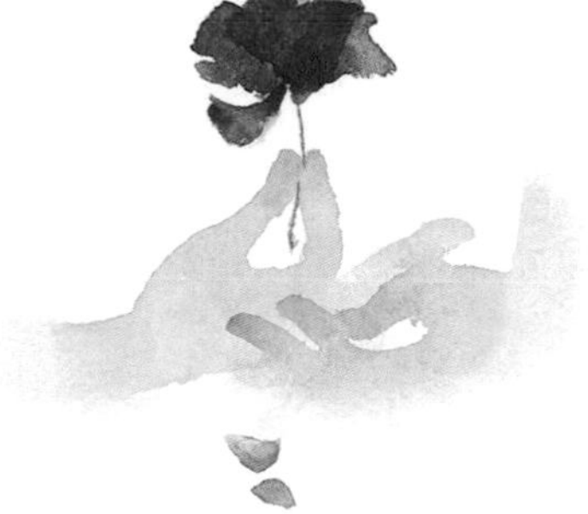

目次

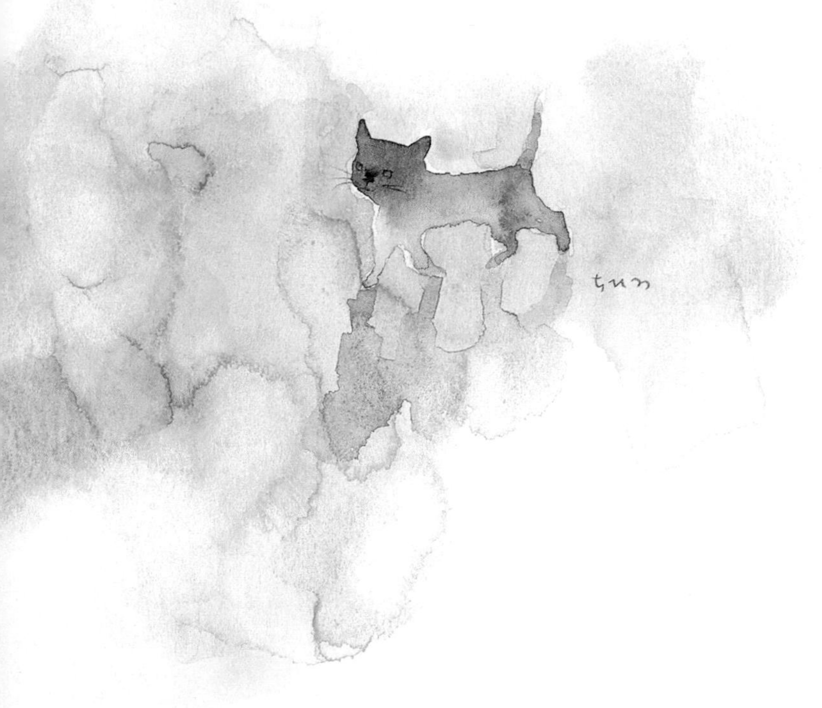

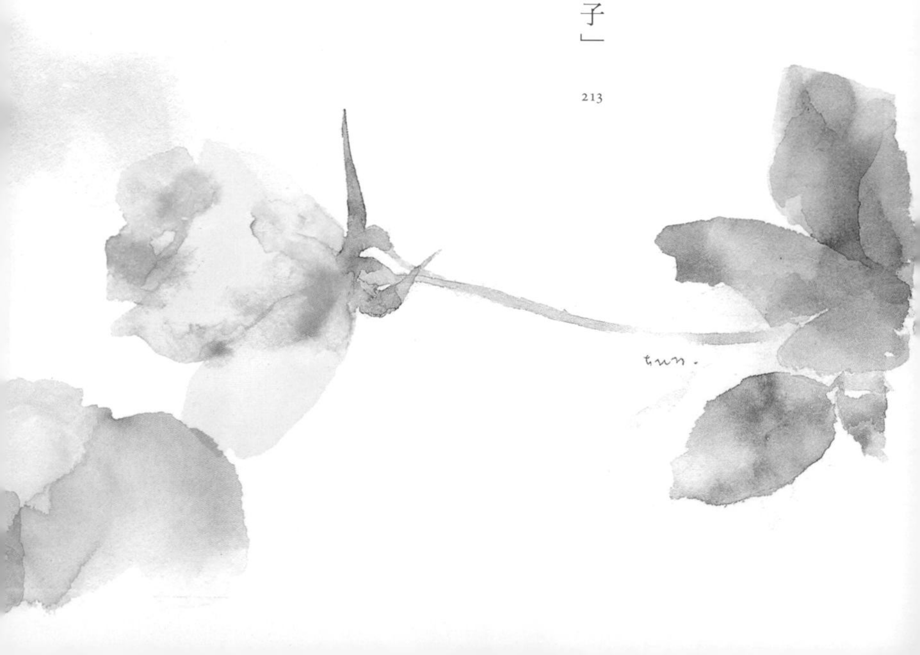

這是關於第二次世界大戰結束前夕，
一所真實存在於東京的學校，
和一個就讀那所學校的女孩的真實故事。

初次前往的車站

搭乘大井町線的電車，在自由之丘車站下車後，媽媽拉著荳荳的手，走向剪票口。荳荳以前很少有機會搭電車，所以忍不住覺得，要把一直小心翼翼握在手上的車票交出去實在太可惜了，她問剪票口前的叔叔：

「這張車票可以送給我嗎？」

叔叔回答：

「不行喔。」

說完，叔叔就從荳荳手上把車票收走了。

荳荳指著剪票口的箱子裡積得滿滿的車票，又問：

「叔叔，這些車票全都是你的嗎？」

叔叔接過其他走出剪票口的乘客手上的車票回答說：

「車票不是我的，是車站的。」

「是喔……」

荳荳依依不捨看著箱子裡的車票說：

「等我長大以後，想要當賣車票的人。」

叔叔終於抬頭瞥了荳荳一眼說：

「我兒子也說長大以後要在車站工作，你們可以當同事。」

荳荳退了幾步，看著車站的叔叔。叔叔身材微胖，戴著眼鏡，荳荳仔細觀察後，覺得他看起來挺親切的。

荳荳雙手扠腰，打量著叔叔說：

「是喔……那我考慮考慮，和叔叔的兒子一起工作也可以啦。不過我很忙，等一下要去新學校。」

荳荳說完，跑向正在等她的媽媽，一邊大聲叫著：

「媽，我以後想當賣車票的！」

媽媽不慌不忙的說：

「妳之前也說想當間諜，你到底要當哪一個呢？」

荳荳牽著媽媽的手，邊走邊思考這個問題。（對啊，在昨天之前，還決定非當間諜不可，但是現在覺得當收車票的人，收滿一整箱車票也很棒呀。）

「我想到了！」荳荳想到了一個好主意。

她看著媽媽的臉，大聲說道：

「媽媽，妳覺得偽裝成賣車票的間諜怎麼樣？」

媽媽沒有回答荳荳。其實媽媽內心很不安，她擔心如果等一下要去的學校不願意收荳荳這個學生……

媽媽頭戴著小花點綴的絨帽，漂亮的臉龐，看著一路蹦蹦跳跳說個不停的荳荳，露出嚴肅的表情。

荳荳完全不知道媽媽的擔心，和媽媽互看了一眼後，開心的笑了起來。

「我兩個都不當了，我要當叮咚廣告人※！」

媽媽內心有點絕望的對荳荳說：

※譯註：指在街上敲鑼打鼓，專門爲店家做廣告的人。

「快來不及了，校長先生還在等我們。別再說話了，看著路好好走。」

學校並不大的校門出現在她們母女面前。

窗邊的荳荳

來到新學校的校門前，為什麼荳荳的媽媽會感到不安呢？

因為荳荳雖然才讀小學一年級，就已經被之前的學校退學了。

一年級就被退學了！

那是上個星期的事。荳荳的班導師請媽媽去學校，明確的告訴她：

「妳家的女兒已經造成其他同學的困擾，請妳送她去其他學校！」

年輕貌美的老師嘆著氣，再度重申：

「真的是很大的困擾！」

媽媽聽了很驚訝。（荳荳到底做了什麼？那孩子會做出什麼造成全班困擾的事？）

老師眨了眨捲翹的睫毛，用手摸摸燙成內彎的短髮後，向媽媽說明：

「首先，上課的時候，她會不停把課桌蓋打開、關上，重複不下一百次。

當我要求她『沒事不可以一直掀課桌蓋』，妳們家的女兒就把筆記本、鉛筆盒、課本全都收進課桌，然後再一樣一樣拿出來。比方說，要抄寫生字。妳女兒就掀開課桌蓋，拿出練習本，然後又『啪』的一聲關了起來。接著，又馬上打開課桌蓋，探頭進去從鉛筆盒裡拿出鉛筆準備寫『ㄅ』，又急急忙忙打開關上，寫了一個『ㄅ』，大概是寫得不好看，或是寫錯，她又掀開課桌蓋，再度探頭進去，拿出橡皮擦，關上課桌蓋。但是她竟又馬上掀起課桌蓋，我忍不住觀察她在做什麼，原來她寫完『ㄅ』之後，又把所有的文具都收回課桌。先把鉛筆放進去，關上課桌蓋；然後又打開，把練習本放回去……差不多就是這樣。等到要寫『ㄆ』的時候，又從拿練習本開始，鉛筆、橡皮擦……每次都在我面前不停的掀開、關上課桌蓋，我看得眼睛都花了，可是她畢竟不算是沒事打開課桌蓋，所以也不能要求她『不可以』……」老師不停眨著睫毛，似乎一回想起當時的情況，仍然感到相當困擾。

聽了老師的話，媽媽已經稍微猜到荳荳會在學校不停掀課桌蓋的原因了。因為媽媽回想起荳荳第一天上學一回到家，就興奮的報告說：

「媽媽我跟妳說哦，學校好棒喔。家裡的抽屜都是像這樣拉出來的，可是學校的課桌上面有蓋子，和垃圾桶的蓋子一樣可以這樣打開，又光滑又好摸，而且課桌裡面還可以放很多東西，超棒的！」

媽媽幾乎可以想像荳荳坐在以前從來沒有看過的課桌前，好奇的掀開、關上的樣子，雖然媽媽覺得這並不算是什麼滔天大罪，況且，只要荳荳慢慢適應後，應該就不會再整天掀翻課桌蓋了，但媽媽還是謹慎的對老師說：

「我會好好說她。」

但是，老師卻稍微提高了音量，繼續往下說：

「光是這樣也就罷了！」老師邊說邊靠過來，媽媽卻愈往後縮，好像突然矮了半截，「有時候才在想，怎麼沒聽到她掀課桌的聲音，就發現她在上課時站了起來，而且一直站著。」

媽媽再度感到驚訝，忍不住問：

「站著？站在哪裡？」

老師有點不悅的說：

「站在教室的窗戶前！」

媽媽搞不清楚狀況，只好繼續問：

「她在窗前幹什麼？」

「她在叫叮咚廣告人！」老師大聲的說。

媽媽把老師說過的話重新整理過一遍，總算大致了解當時的情況。

荳荳在第一節課時不停掀完桌子後，就離開課桌，站在窗前看著窗外。老師覺得只要她不發出聲音，站在那裡也沒關係，但是荳荳卻突然對著窗外大叫：「叮咚廣告人！」由於教室位在一樓，而且窗戶面對馬路，和馬路之間只隔了一道低矮的圍籬，只要站在窗前就可以和路上的人說話。

這對荳荳來說，是極大的幸福，但對老師而言，就變成了災難。

叮咚廣告人聽到荳荳的叫聲，走到教室的窗前。荳荳興奮的對著班上的同學說：「他們來了。」

原本正在上課的同學聽到她的叫聲，都擠到窗前，紛紛叫著：「叮咚廣告人。」於是，荳荳就拜託叮咚廣告人說：

ちひろ

「你們可不可以表演一下？」

平常叮咚廣告人經過學校旁時都會保持安靜，但他們既然受到如此熱情的邀約，就用單簧管、銅鑼、大鼓和三味線琴敲鑼打鼓的熱鬧表演起來。在他們的表演告一段落之前，老師只能獨自站在講台前，告訴自己（只要忍耐這一首曲子就好），等待他們表演結束。

一曲終了，叮咚廣告人離去，學生也紛紛回到自己的座位上，但荳荳卻仍然站在窗前。

老師問她：「妳為什麼還站在那裡？」

荳荳一臉認真的回答：

「如果還有別的叮咚廣告人來的話，我要和他們說話，而且說不定剛才的叮咚廣告人又走回來了呢。」

「荳荳的媽媽，妳現在應該知道我為什麼根本沒辦法上課了吧？」

老師剛才說話時情緒愈來愈激動，媽媽也開始覺得不好意思（這的確會讓老師很傷腦筋）。這時，老師又提高音量說：

「而且……」

媽媽雖然又嚇了一跳，但還是戰戰兢兢的問老師：

「還有其他的……？」

老師立刻回答：

「如果可以說清楚『還有』幾件事，我就不會拜託妳讓她轉學了！」

老師說完後，稍微平靜了下來，她看著媽媽的臉說：

「昨天，她還是像往常一樣站在窗前，我以為又是叮咚廣告人，所以繼續上我的課。沒想到她突然不知道在和誰說話，大聲的問：『你在幹什麼？』我站的位置看不到對方，所以很納悶到底是誰，只聽到她又大聲問了一次：『你在幹什麼？』而且她不是對著馬路說話，是仰著頭發問。我有點在意到底是誰，所以豎起耳朵，想聽聽對方的回答，但沒有任何人回答，只有妳女兒不停的問：『你在幹什麼？』這已經完全影響到我上課了，所以我走到窗邊，想看看妳女兒到底在和誰說話。我從窗戶探出頭向上方張望，發現燕子正在教室的屋簷下築巢，原來她是在問燕子。我也不是無法了解小孩子的心情，不會說對燕子說話很荒唐這種話，但我還是覺得不必在上課時，那麼大聲的問燕子：『你在幹什麼』。」

媽媽還來不及開口說句「真不知道該怎麼向老師道歉」的話，老師已經搶先說道：

「還曾經發生過這樣的事。第一次上美術課時，我要求學生畫國旗。其他學生都規規矩矩在畫紙上畫了太陽旗，妳女兒卻開始畫好像朝日新聞社旗那樣的軍艦旗。我覺得這也沒什麼問題，沒想到她竟突然在旗子周圍畫起流蘇。流蘇！就是青年團之類的旗幟上常見的那種流蘇，儘管這樣我還是告訴自己，可能她曾經在哪裡看過吧。沒想到我稍不留神，她開始把黃色的流蘇畫到桌子上。因為她畫旗幟時，幾乎把畫紙都畫滿了，原本就幾乎沒有空間畫流蘇。她拿著黃色蠟筆用力畫起流蘇，結果全都畫在課桌上。把畫紙拿開後，課桌上到處都是黃色鋸齒狀的線條，不管怎麼擦、怎麼搓都擦不掉。幸好一面旗子只有三邊有那些鋸齒狀的線條。」

媽媽幾乎抬不起頭來，但還是問了：

「為什麼只有三邊？」

老師似乎說累了，但還是很親切的回答說：

「因為她在左側角落畫了旗桿，所以只有三邊有那些黃色鋸齒狀的線條。」

媽媽稍稍鬆了一口氣說：

「喔，還好只畫了三邊……」

接著，老師用非常緩慢的語氣，一個字、一個字的說：

「但是，旗桿的下端還是畫到桌子上了！」

老師站了起來，用相當冷淡的語氣給了媽媽最後一擊。

「而且，並不是只有我感到困擾而已，隔壁班的班導師也曾經感到很困擾……」

媽媽不得不下定決心。（這樣的確太影響其他同學，看來只能另找學校轉學了。希望可以找到一所能夠了解那孩子的性格，教導她和其他同學一起坐好上課的學校……）

媽媽四處奔走，最後終於找到眼前這所學校。

媽媽並沒有把退學的事告訴荳荳。因為即使告訴她，她恐怕也不知道自己做錯了什麼，媽媽不希望荳荳因為這種事感到自卑，決定等她長大之後，再告訴她。她只是問荳荳：

「妳想不想去新的學校？聽說那所學校很棒喔。」

荳荳想了一下說：

「好啊……」

媽媽不由得暗想，不知道這孩子正在想什麼，該不會隱約也察覺到退學的事了？

下一剎那，荳荳撲進媽媽的懷裡說：

「不知道有沒有很棒的叮咚廣告人會去新學校那裡？」

總之，因為這樣的緣故，荳荳和媽媽此刻正走向新學校。

新學校

走到可以清楚看到校門的位置，荳荳停下了腳步。因為她之前就讀的學校，大門的門柱是高大的水泥柱子，學校的名字也寫得很大，但眼前這所新學校的校門竟然是一棵低矮的樹，而且樹上還長了樹葉。

「從地面長出來的校門。」

荳荳對媽媽說完，又補充說：

「一定會愈長愈高，很快就會長得比電線杆更高。」

那兩根門柱的確是生了根的樹木。荳荳來到校門前，突然把頭歪向一邊。因為門柱寫了學校名字的牌子被風吹歪了。

「巴氏學園。」

荳荳歪著頭說出了學校的名字，她正打算問媽媽：「什麼是巴氏？」眼角卻突然掃視到讓她幾乎以為自己在做夢的東西。

荳荳彎下身體，把腦袋伸進門口樹叢的縫隙，向門內張望著。怎麼會這樣？真的看到了耶！

「媽媽！那是真的電車嗎？校園裡竟然有電車！」

校園內有六節當作教室使用的電車車廂，荳荳覺得在「電車教室」上課，簡直像是在做夢。

電車的窗戶在朝陽下閃閃發光，荳荳雙眼發亮的看著電車，臉上也閃耀著光芒。

我喜歡這所學校

下一剎那，荳荳「哇！」的一聲歡呼起來，接著就跑向電車教室。一邊跑，還一邊大聲對媽媽說：

「我們趕快來坐不會動的電車！」

媽媽大驚失色，連忙追了上去。曾經是籃球選手的媽媽跑得比荳荳快，總算在荳荳即將跑到車門前時，一把抓住她的裙子。

媽媽緊緊抓著荳荳的裙襬說：

「不行，這輛電車是學校的教室，妳還不是這所學校的學生。如果妳很想坐上這輛電車，等一下見校長先生時，妳和校長好好談一談，如果順利的話，妳就可以來這所學校上學，知道了嗎？」

荳荳雖然對現在還不能坐上電車感到可惜，但她決定聽媽媽的話，所以大聲的「嗯！」了一聲，還急忙補充說：

「我好喜歡這所學校。」

媽媽很想對荳荳說，妳喜不喜歡不重要，問題在於校長先生喜不喜歡妳。媽媽鬆開了荳荳的裙襬，牽著她的手，一起走向校長室。

每一輛電車都很安靜，好像才剛開始上第一節課。這所學校的校園並不大，四周種了各種不同種類的樹木代替圍牆，花圃內綻滿了紅色和黃色的鮮花。

校長室不是電車。學校大門正前方有七級扇形石階，校長室就位在石階上方的右側。

荳荳甩開媽媽的手衝上石階，又突然停下腳步，轉頭看向媽媽。害得走在她身後的媽媽差一點和她撞個正著。

「怎麼了？」媽媽以為荳荳改變了心意，急忙問道。

荳荳站在最上面那一級石階上，一臉嚴肅，小聲問媽媽：

「我們等一下要去見的是不是車站的人？」

媽媽很沉得住氣……或者說很有幽默感，她把臉湊到荳荳面前小聲的問：

「為什麼這麼問？」

荳荳更小聲的說：

「因為媽媽雖然說他是校長先生，但他有這麼多電車，所以他其實是車站的人吧？」

的確很少有學校利用報廢的電車車廂當成教室，難怪荳荳會有這樣的疑問。雖然媽媽這麼想，但現在沒有時間向她解釋，所以就對荳荳說：

「那妳等一下自己問校長先生。妳也可以想一想，爸爸是拉小提琴的人，爸爸雖然擁有好幾把小提琴，但他並不是賣小提琴的人，對不對？這是一樣的道理。」

「原來是這樣。」荳荳說完，才牽起媽媽的手。

校長先生

荳荳和媽媽走進校長室，一個男人從椅子上站了起來。

這個人頭頂稀疏，門牙掉了，紅光滿面。雖然個子不高，但肩膀和手臂都很結實，身上穿著皺巴巴的黑色三件式西裝。

荳荳急忙向他鞠了一躬，很有精神的問：

「請問你是校長先生？還是車站的人？」

媽媽慌忙想要解釋，那個人卻笑著回答說：

「我是校長啊。」

荳荳欣喜雀躍的說：

「太好了，那拜託你，我想來這所學校上課。」

校長先生請荳荳坐下後，就轉頭對媽媽說：

「我和荳荳聊一聊，媽媽可以先回家了。」

雖然荳荳有那麼一下子，感到害怕，但她又覺得這位校長先生似乎是個很不錯的人。而且，媽媽立刻回答說：「好，那就麻煩校長先生了。」說完，就關上門離開了。

校長先生把椅子拉到荳荳對面，在離她很近的位置坐了下來，對她說：

「那妳隨便說些什麼給老師聽，把妳想說的話統統說出來。」

「我想說的話？」

荳荳原本以為會是由校長先生發問，自己再回答問題，結果聽到校長先生說「隨便說什麼都可以」，她立刻喜出望外的說了起來。

雖然荳荳的話說得前顛後倒，表達方式也沒有章法，但她很努力說話。

剛才來這裡時搭的電車很快。

雖然她向車站剪票口的叔叔拜託，但叔叔不肯把車票給她。

之前那所學校的班導師長得很漂亮。

那所學校有燕子的巢。

家裡有一隻名叫「洛基」的棕色狗，會做「握手」、「打招呼」的動作，還會在吃完飯後做出「好滿足」的動作。

幼稚園的時候，她曾經把剪刀放進嘴裡剪啊剪，老師很生氣的說：「這樣會剪到舌頭。」但她還是玩了好幾次。

流鼻涕的時候，如果一直在那裡吸啊吸，會挨媽媽的罵，所以每次都會馬上把鼻涕擤乾淨。

爸爸在海裡游泳游得很快，還會跳水。

荳荳接二連三的說了很多事，校長先生時而微笑，時而點頭，時而問她：「然後呢？」荳荳很高興，忍不住說個不停，最後終於沒話可說了。荳荳只好閉起嘴巴思考。這時，校長先生問：

「全都說完了嗎？」

荳荳覺得就這樣結束很可惜。

因為難得有機會有人願意聽她說這麼多話。

（還有什麼話可以說呢……）

她絞盡腦汁思考著。「太好了！」她終於找到話題了。

荳荳想到了今天穿的衣服。她大部分衣服都是媽媽親手為她縫製的，但今天身上的衣服是成衣。因為荳荳每天傍晚回到家時，身上的衣服都會被勾破，甚至扯破一大塊，當然媽媽絕對無法知道原因，但有時候連白色棉布內褲也被勾破了。荳荳告訴媽媽，當她鑽過圍籬，穿越別人家的院子，或是鑽過空地上的鐵絲網時「就變成這樣了」。總之，今天早上準備出門時，媽媽親手做的每一件漂亮衣服都有破洞，所以只好穿這件之前買的成衣。那是一件胭脂色和灰色的細格子洋裝，單面針織布的布料還不錯，但媽媽說領子上繡花的紅色「不好看」。荳荳想起這件事，所以急忙從椅子上跳了下來，捏著領子，走到校長先生面前說：

「媽媽說，她討厭這個領子！」

說完這件事後，她苦思了半天，因為真的沒有話可說了。

荳荳覺得有點難過，當她這麼想的時候，校長先生站了起來，把又大又溫暖的手放在荳荳的頭上說：

「好了，妳現在是這所學校的學生了。」

這時，荳荳覺得有生以來，第一次遇到了真正喜歡的人。因為從她出生到現在，從來沒有任何人這麼長時間聽自己說話。而且，在這段時間內，他完全沒有打呵欠，也沒有露出無聊的表情。荳荳探出身體認真說，他也探出身體，很認真的傾聽荳荳說話。

荳荳那時候還不會看時鐘，只知道自己說了很久。如果她會看時鐘，一定會嚇一大跳，而且會更感謝校長先生。因為荳荳和媽媽八點到學校，當她在校長室說完所有的話，校長先生決定她可以成為這個學校的學生時，看了一眼懷錶說：「啊，吃便當的時間到了。」也就是說，校長先生整整聽荳荳說了四個小時。

在那之前，以及那次之後，都沒有任何一個大人這麼認真聽荳荳說話。

話說回來，如果媽媽和之前那所學校的老師知道剛讀小學一年級的荳荳，可以一個人連續說四個小時的話，一定會很驚訝。

那時候荳荳當然不知道自己遭到退學的事，也不知道自己令周遭的大人感到棘手。她天生個性開朗，也很健忘，所以看起來天真無邪，只不過在內心深處，隱約察覺到自己似乎遭到排斥，發現自己似乎和其他孩子不一樣，別人會用帶著一抹冷漠的眼神看自己。但是，和校長先生在一起時，她會感到格外安心、溫暖，也很自在。

（即使和這位校長先生一直在一起也沒問題。）

這就是荳荳第一次見到校長小林宗作先生時的感想。令人高興的是，校長先生當時也有相同的感想。

便當

荳荳跟著校長先生，去參觀大家吃便當。校長先生告訴她，只有吃午餐的時候「大家一起在禮堂吃飯」，不在電車上。禮堂就在剛才荳荳走上來的石階盡頭。走進禮堂一看，發現學生正吵吵嚷嚷的把課桌和椅子圍成一圈。

站在角落觀察的荳荳拉著校長先生的上衣問：

「其他學生在哪裡？」

校長先生回答說：

「所有學生都在這裡了。」

「所有學生？」荳荳覺得難以置信。

因為這裡的學生人數和之前學校一個班級的人數差不多。

「整個學校只有大約五十個學生嗎？」

「是啊。」校長先生回答，荳荳發現這裡的一切都和之前的學校不一樣。

當所有學生都入座後，校長先生問：

「各位同學，你們有沒有帶山珍海味來啊。」

「有。」

所有學生都打開了自己的便當盒蓋。

「我看看。」

校長先生走進課桌圍起的圓圈，檢查著每個人的便當。學生們笑著、尖叫著，好不熱鬧。

「山珍海味到底是什麼？」

荳荳覺得很好笑。這所學校太不一樣，太有趣了。她從來不知道吃便當的時間可以這麼快樂、這麼開心。想到明天自己也會坐在那些課桌前，讓校長先生檢查她帶來的「山珍海味」，荳荳內心就有滿滿的興奮和喜悅，很想要大叫。

校長先生檢查著學生的便當，中午柔和的陽光灑在他的肩上。

今天開始去上學

自從昨天校長先生說：「從今天開始，妳就是這個學校的學生」後，荳荳從來沒有這麼迫不及待的等待第二天到來。平時每天早上，媽媽來叫她起床，她仍然會在床上滾來滾去。但是今天媽媽還沒叫她起床，她已經穿好襪子，背好書包，等待家人起床。

全家最守時的德國牧羊犬洛基看到荳荳和往常不一樣，露出狐疑的眼神，牠打了一個呵欠後緊跟著荳荳，似乎在期待接下來會發生的事。

媽媽一大早就忙壞了。她快速為荳荳準備了「山珍海味」便當，為她做好了早餐，把用毛線繩串起的塑膠票卡夾掛在荳荳的脖子上，避免不小心遺失。

爸爸摸著她的頭說：

「要乖喔。」

「我知道！」

荳荳說完，去玄關穿鞋子，打開門，轉身往家裡恭敬的鞠了一躬說：

「各位，我要出門了。」

送她出門的媽媽差一點流下眼淚。因為她想起這麼活力十足有禮貌，這麼乖巧又快樂的荳荳不久之前遭到退學的事，不由得在心裡祈禱，希望她在新學校一切順利。

但是，下一剎那媽媽卻驚訝得快要跳起來了。因為荳荳正把剛才掛在她脖子上的票夾掛到洛基的脖子上。媽媽雖然感到納悶，但她沒有吭氣，決定默默觀察事情的發展。

荳荳把票夾掛在洛基的脖子上後，蹲下來對洛基說：

「你看，這個票夾的繩子戴在你脖子上不好看。」

票夾掛在洛基脖子上時，繩子太長了，票夾都拖在地上。

「知道了嗎？這是我的月票，不是你的，你不能搭電車。我會幫你去問校長先生，也會問車站的人，如果他們說『可以』，你也可以去學校，但我不知道行不行。」

洛基豎起耳朵，一臉認真聽著，荳荳快說完時，牠舔了舔票夾，然後打著呵欠，荳荳仍然認真的向牠解釋：

「電車的教室不會動，所以在教室時不需要月票。反正你今天要乖乖待在家裡。」

洛基以前每天都陪著荳荳一起走到校門口，然後獨自走回家，所以今天也打算和荳荳一起出門。

荳荳把票夾從洛基脖子上拿下來後，小心翼翼掛在自己的脖子上，再度向爸爸、媽媽說：

「我出門了。」

荳荳說完，頭也不回的揹著書包跑了起來。洛基也伸展著全身，跟在荳荳身旁一起跑了起來。

去車站和去之前的學校是同一條路，所以荳荳在路上遇見不少認識的貓狗和以前的同學。荳荳每次都忍不住想，要不要給他們看月票，看看他們驚訝的樣子，不過她立刻改變主意。萬一遲到就慘了，今天就算了吧。決定之後，她大步走向車站。

來到車站時，荳荳平時都向左轉，但今天要轉向右側。可憐的洛基，擔心的停下腳步，在原地東張西望。荳荳原本已經走到剪票口了，又折返回來，對一臉納悶的洛基說：

「我不去以前的學校了，以後要去新學校。」

荳荳說完後，把臉貼在洛基的臉上，順便聞了聞洛基耳朵的味道。（雖然和平時一樣臭，但我喜歡這種味道！）

然後，她才鬆開洛基，對牠說了聲：

「拜拜。」

荳荳向車站的人出示月票，走上車站的階梯。洛基輕輕吠了一聲，目送著荳荳。

電車的教室

荳荳來到昨天校長先生告訴她的教室前面，準備打開那輛電車的門時，發現校園內空無一人。以前的電車和現在的不一樣，車門上有一個把手，可以從外側打開。荳荳雙手握住把手往右一拉，門立刻打開了。荳荳心跳加速，探出頭，看向車廂內。

「哇噢！」

以後每天在這裡上課，不就像在旅行一樣嗎？有行李架，窗戶也和普通的電車一樣。只有駕駛座的位置變成黑板，電車的長椅拆除後，將學生用的課桌椅朝向車頭的方向排列，車上也沒有吊環，除此以外，無論車頂、地板都保持電車原來的樣子。荳荳脫下鞋子，走進去，隨便找了一個座位坐下來。

雖然是和之前學校相同的木椅，但是這裡的椅子，坐起來感覺很舒服，真希望可以一直坐在上面。荳荳太高興了，不由得在內心發誓，這所學校太棒了，我以後絕對不請假，每天都要來上學。

荳荳隔著車窗看向窗外。這輛電車雖然沒有動，但校園內的花和樹木隨風搖曳的樣子，感覺好像電車在跑。

「啊啊，太開心了——」荳荳終於忍不住喊出聲。

她把臉貼在窗戶上，像往常一樣，開心得唱起自己編的歌。

開心得不得了
不得了的開心
為什麼開心……

當她唱到這裡時，有人走進教室。是一個女生。

那個女生從書包裡拿出筆記本、筆盒放在桌上後，踮起腳，把書包放在行李架上，然後把鞋袋也放上去。荳荳不再唱歌，急忙有樣學樣的放好書包。接著，又有一個男生走進來。

那個男生站在門口的位置，把書包好像投籃一樣丟向行李架。行李架的網子用力晃動了一下，書包彈出來，掉在地上。

男生說了一聲：「沒中！」撿起書包後走回門口，丟向行李架。這次終於順利丟上行李架，男生叫了一聲：「中啦！」但他又隨即叫了一聲：「慘了！」慌忙爬上桌子，打開行李架上的書包，拿出筆盒和筆記本。

他一定是因為忘了把這些東西拿出來，所以他才說「慘了」。

荳荳的那輛電車上總共有九個學生，這是巴氏學園一年級所有的學生。

他們是搭同一輛電車旅行的旅伴。

上課

荳荳看到這所學校的教室是真正的電車時，就覺得「不一樣」。安排學生座位這件事，再度讓她覺得「不一樣」。以前的學校誰坐在哪一個座位，旁邊是誰，前面是誰都是固定的。但是這所學校的座位很自由，大家可以根據每天的心情和想法，坐不同的座位。

荳荳想了很久，又在教室內巡視了半天，最後決定坐在早上第二個走進教室的女生旁邊。因為那個女生穿了一件背心裙，上面有一隻長耳朵的兔子。

最大的「不一樣」，就是這所學校的上課方式。

通常學校上課時，如果第一節是國語課，就一整節課都上國語；第二節是數學課，就教數學，都是按照課表上課。這所學校完全不一樣。

在第一節課開始時，女老師把當天課表上所有科目的題目都寫在黑板上，寫滿整個黑板後對學生說：

「好，你們可以從自己喜歡的科目開始做。」

不管是國語還是數學，學生都可以從自己喜歡的科目開始做。喜歡作文的學生在寫作文時，坐在後面喜歡物理的同學可能點起酒精燈，用燒瓶燒東西，或是什麼東西爆炸了。在每個教室都可以看到類似的情況。

隨著學生漸漸升上高年級，老師可以藉由這種上課方式充分了解學生的興趣愛好、對事物的看法和個性，那是有助於老師了解學生的最佳學習方法。

學生可以先做自己喜歡的學科，所以覺得很開心。即使遇到自己不喜歡的學科，只要在放學之前完成就好，所以能夠根據心情自由調整。

上課都以自習的方式為主，遇到不懂的地方，可以去問老師，也可以請老師來自己的座位前充分說明，直到自己完全理解為止，最後再參考老師發的例題繼續自習。這才是真正的學習，學生在老師講解和說明時，幾乎不可能聽得心不在焉。

荳荳他們是一年級學生，所學到的知識不多，儘管目前還無法靠自習的方式學習，但還是可以從自己喜歡的科目開始學習。

有的同學練習片假名，有的同學在畫畫，有的同學在看書，甚至有同學在做體操。荳荳旁邊的女生似乎已經會寫平假名了，正抄寫在筆記本上。荳荳對一切都感到好奇、興奮，無法像其他同學一樣，立刻靜下心來學習。

這時，坐在荳荳後方的男生起身走向黑板。他手上拿著筆記本，似乎要去找在黑板旁邊教其他學生功課的老師。

原本正在東張西望的荳荳，看到那個男生走路的樣子，猛然停止張望，托著腮，目不轉睛的看著他。

那個男生走路時一瘸一拐，身體用力搖晃，荳荳原本還以為他是故意的，但觀察了一陣子後發現他並不是故意的。他走路就是那樣。

當那個男生走回自己的座位時，荳荳仍然托腮看著他，兩個人的視線交會。男生對著荳荳笑了笑，荳荳也慌忙對他露出笑容。等那個男生坐回荳荳後方的座位後——他坐下來也比其他同學更費時間——荳荳轉頭問他：

「你為什麼那樣走路？」

「因為我得過小兒麻痺症。」男生輕聲回答。

荳荳聽他的聲音很溫柔，感覺他很聰明。

「小兒麻痺症？」

荳荳從來沒有聽過這幾個字，所以忍不住再問。那個男生小聲的說：

「對，小兒麻痺症。不光是腳，我的手也……」

說完，他伸出了左手給荳荳看。修長的手指黏在一起，彎成奇怪的形狀。荳荳擔心的問：

「治不好嗎？」

男生沒有回答。荳荳覺得自己問了不該問的事，暗自感到難過。那個男生卻用開朗的聲音說：

「我叫山本泰明，妳叫什麼名字？」

荳荳聽他說話的聲音很開朗，不由得感到高興，也大聲回答說：

「我是荳荳。」

於是，荳荳和山本泰明變成了朋友。

溫暖的陽光照進電車，感覺有點熱。有人打開了窗戶，清新的春風吹進電車內，孩子們的頭髮好像在歡唱般飛了起來。

荳荳在巴氏學園的第一天就這樣拉開了序幕。

山珍和海味

荳荳終於等到了期待已久的「山珍海味」便當時間。

「山珍海味」是什麼？其實這是校長先生對便當菜餚的稱呼，通常老師都會要求「媽媽在做便當時發揮巧思，避免孩子挑食」、「要注意營養均衡」，但是校長卻拜託家長「給孩子帶充滿山珍海味的便當」。

「山珍」就是蔬菜和肉類（雖然肉類並不是來自山上，但因為大致可以分為牛、豬和雞等生活在陸地的動物，所以就歸為山珍類），「海味」是指魚或海藻類。校長先生希望學生的便當裡一定要有這兩大類菜餚。

荳荳的媽媽對校長先生佩服不已，覺得很少有成年人能夠像校長先生這樣簡單明瞭的表達要求，而且，分成山珍和海味兩大項之後，媽媽覺得每天不必再為想菜色傷腦筋，所以這個方法簡直太神奇了。

校長先生雖然要求便當裡要有山珍海味，同時也請求「不必勉強」、「不追求奢侈」，山珍可以是炒牛蒡或煎蛋，柴魚片就算是海味，海苔和酸梅可以說是最簡單的山珍和海味範例。

荳荳第一天看到這個學校的便當時間，就感到羨慕不已。所有的學生都興奮的等待校長先生檢查每一個人的便當問：「有沒有山珍和海味？」而且，由這個過程中了解什麼是山珍、什麼是海味也是很新鮮的體驗。

如果有時候媽媽太忙，或是來不及準備，結果學生的便當裡只有山珍，或是只有海味。這種時候該怎麼辦呢？不用擔心，因為校長先生在檢查學生的便當時，校長太太就穿著白色圍裙，雙手各拎了一個鍋子，跟在校長先生身後。

當校長先生在缺少了其中一項的學生面前說：「海味！」，校長太太就從海味的鍋子裡拿出兩根煮好的竹輪，放在便當盒蓋上。而校長先生說：「山珍！」時，校長太太就會從山珍的鍋子裡拿出滷芋頭。

沒有學生會說：「我不喜歡吃竹輪」，也沒有人比較誰的便當菜很高級，誰的便當每天都很寒酸，只要同時有山珍和海味就讓大家都感到滿足，大家都一起歡呼、歡笑。

荳荳終於知道什麼是「山珍和海味」了，她不禁有點擔心媽媽早上匆匆做的便當符不符合要求。但是，當她打開便當盒時，差一點發出驚叫聲，趕緊用手捂住了嘴巴。

因為媽媽做的便當太漂亮了。黃色的炒蛋、青豆仁、棕色的魚鬆，還有炒過的粉紅色鱈魚卵，豐富的顏色好像一片花田。

校長先生看了荳荳的便當後說：

「真漂亮啊。」

荳荳樂不可支的說：

「因為我媽媽很會做菜。」

校長先生說：「是嗎？」然後指著棕色的魚鬆問荳荳：

「這是海味？還是山珍？」

荳荳目不轉睛的盯著魚鬆思考起來。這到底是哪一類呢？看顏色好像山珍，因為和泥土的顏色很像。但是……我不知道。

「我不知道。」荳荳回答說。

校長先生大聲問其他學生：
「魚鬆是山珍還是海味呢？」
大家想了一下後，七嘴八舌的回答說：「山珍！」、「海味！」兩種意見相持不下，等到大家都安靜下來後，校長先生說：
「大家聽好了，魚鬆是海味。」
「為什麼？」一個胖男生問道。
校長先生走到桌子圍起的圓圈中間向全校學生說明：
「因為魚鬆是把魚肉弄碎後炒出來的。」
「原來是這樣喔。」
這時，有人問：
「老師，我可以看看荳荳的魚鬆嗎？」
「可以啊。」
於是，全校的學生都紛紛起身走過來看荳荳的魚鬆。雖然大家都知道魚鬆，也都吃過，但是聽了校長先生剛才的說明，有人突然感到好奇，很想知道荳荳的魚鬆會不會和自己家裡的魚鬆不一樣。有些同學還把鼻子湊過來聞一聞，荳荳忍不住擔心，他們噴出來的氣會把魚鬆吹走。

第一次的便當時間雖然有點興奮緊張，但荳荳覺得很開心，思考「山珍和海味」也很有趣，還知道魚鬆是用魚做的，而且媽媽同時準備了山珍和海味，荳荳覺得「統統都很棒」，不由得高興起來。

更高興的是，媽媽做的便當很好吃。

要細嚼慢嚥

照理說，檢查完便當後，大家都會說：「我要開動了」，但巴氏學園和其他學校不一樣，在吃飯之前，還要先合唱一曲。因為校長先生是音樂家，所以他創作了一首〈吃便當前唱的歌〉。作曲者是一位英國人，只有歌詞是校長填寫的。正確的說，校長先生只是為一首舊歌填了新的詞。原本的曲子就是那首知名的〈划船歌〉（Row Your Boat）。

Row, row, row your boat
gently down the stream.
Merrily, merrily, merrily, merrily,
life is but a dream.

校長先生填了新的歌詞。

要細嚼慢嚥，
所有食物啊。
細嚼慢嚥、細嚼慢嚥，
所有食物啊。

唱完這首歌之後，大家才開始吃便當。

「Row row row your boat」的旋律和「要細嚼慢嚥」完全一致，所以，這所學校的畢業生在成年前，多半以為吃便當前一定要唱這首歌。

校長先生可能是因為自己掉了牙齒，才會寫這首歌，也可能是因為他經常對學生說，吃飯時不要著急，要心情愉快的一邊聊天，一邊慢慢吃。為了讓大家記住這件事，才創作了這首歌。大家高聲唱完歌，終於可以說：「我要開動了」，吃起便當盒裡的山珍和海味。荳荳當然也和大家一樣。

禮堂內頓時安靜下來。

散步

吃完便當後，荳荳和其他同學一起在校園裡奔跑嬉戲。回到電車教室後，女老師說：

「各位同學，今天大家都很認真讀書，下午有沒有什麼計畫？」

荳荳還來不及思考自己想要做什麼，其他同學都紛紛叫著：

「散步！」

「好，那就去散步。」

老師說完後站了起來，大家紛紛打開電車門，穿上鞋子衝出去。荳荳曾經和爸爸、洛基一起去散步，卻從來沒有在學校散步，聽了感覺很訝異。不過，她最喜歡散步了，也跟著急急忙忙穿上鞋子。

後來才知道，老師每天在早上第一節課時，把當天要學的功課寫在黑板上，如果大家很努力在中午之前完成，下午通常都會去散步。不管一年級和六年級都一樣。

走出校門後，老師走在中間，九個一年級學生沿著小河散步。兩側的河岸有兩排不久之前還盛開著櫻花的大樹，放眼望去，都是一片油菜花田。如今的自由之丘因為填河造鎮，到處都擠滿了房子和商店，但在荳荳那個時候，周圍幾乎都是農田。

「我們要去九品佛那裡散步。」

身穿兔子圖案背心裙的女生告訴荳荳。她的名字叫朔子。朔子告訴荳荳：

「我上次在九品佛的池畔看到蛇，還聽說曾經有流星掉在九品佛寺院的古井裡。」

大家在散步時邊走邊聊。天空一片蔚藍，蝴蝶滿天飛，到處可以看到蝴蝶的翩翩身影。

走了差不多十分鐘左右，老師停下了腳步，指著黃色的油菜花說：

「這是油菜花，你們知道為什麼會開花嗎？」

然後，老師向大家說明了什麼是雌蕊，什麼是雄蕊。學生都蹲在路旁觀察著油菜花。老師告訴大家，蝴蝶可以協助植物開花。蝴蝶忙碌的飛來飛去，好像真的在幫忙。

老師再度邁開步伐，大家也結束了觀察，站了起來。有一個同學說：

「雌蕊和雌黃應該沒關係吧。」

荳荳覺得應該沒關係，只是不太確定，但她和大家一樣，覺得充分了解雌蕊和雄蕊很重要。

走了差不多十分鐘左右，看到前方有一片茂密的小樹林，那裡就是九品佛的寺院。

走進寺院內，大家吵吵嚷嚷的跑到各自想去的地方。朔子問荳荳：

「要不要去看流星的井？」

荳荳毫不猶豫的「嗯」了一聲，跟在朔子身後跑了起來。雖說是水井，但只是用石頭堆起而已，井圍只到她們胸口的高度，上面蓋了一個木蓋。她們移開木蓋，探頭向井內張望，裡面一片漆黑。仔細一看，發現裡面只有分不清是水泥塊還是石塊的東西，完全沒有荳荳原本想像中的閃亮星星。

荳荳把頭伸進井裡看了很久，最後抬起頭問朔子：

「妳看過裡面有星星？」

朔子搖了搖頭說：

「從來沒有。」

荳荳忍不住思考著為什麼星星不亮的原因，然後問朔子：

「星星是不是在睡覺？」

朔子瞪大了原本就很大的眼睛反問她：

「星星要睡覺嗎？」

荳荳也不太清楚，一口氣說：

「我覺得星星白天應該在睡覺，晚上才起床發亮。」

然後，大家一起看著哼哈二將的肚子發笑，在昏暗的殿堂內探頭向佛像（雖然心裡覺得有點可怕）張望，把自己的腳踩在天狗留下的大腳印上，在池塘旁散步，向正在划船的人打招呼，然後又借了墓園旁黑色發亮的石頭踢來踢去，玩得不亦樂乎。第一次來這裡玩的荳荳不斷有新發現，忍不住要歡呼。

太陽漸漸西斜，老師說：

「回學校吧。」

大家又排著隊，沿著油菜花和櫻花樹之間的道路走回學校。

雖然「散步」在孩子的眼中是自由玩樂時間，其實他們沒有發現，在這個過程中學到很多寶貴的物理、歷史和生物知識。

荳荳很快和大家打成一片，好像很久以前就認識了這些同學，所以，在回程的路上，她大聲的對大家說：

「明天也要散步！」

大家都跳著歡呼：

「好啊！」

蝴蝶仍然忙碌不已，遠處近處都傳來嘰嘰喳喳的鳥啼聲。

荳荳內心充滿了歡樂。

校歌

荳荳在巴氏學園的生活充滿了新奇和驚喜。

她每天都很早起床，迫不及待想要趕快去上學。放學回家後，不停的告訴洛基、爸爸和媽媽她「今天在學校做了什麼，到底有多好玩」，或是「真是太驚訝了」，在媽媽忍不住打斷她：「等一下再說，先吃點心。」之前，她都一直說，一直說。

即使在她適應了學校的生活之後，每天仍然有說不完的話。

（她有這麼多話題可以說，真是太好了。）

媽媽發自內心的這麼認為。

有一天，荳荳在搭電車上學途中突然想到一件事。

「咦？巴氏學園有沒有校歌？」

想到這裡，她很想趕快去學校。雖然還有兩站，但她迫不及待的站在車門前，做好了衝刺的準備，電車一到自由之丘，她就可以立刻衝下去。車門在前一站打開時，一個阿姨想要上車，看到一個女孩在車門前做出起跑的姿勢，以為她要下車，卻看到荳荳保持那個姿勢不動，最後嘀咕著「怎麼回事啊」，走上了電車。

所以，當電車到站時，荳荳從來沒有像這天那麼快衝下車。年輕的車掌先生站在還沒有完全停止的電車上，才用優雅的姿勢把一隻腳跨上月台說：「自由之丘站到了！請下車的乘客……」時，荳荳已經衝出了剪票口。

到了學校，一走進電車教室，荳荳立刻問已經在教室內的山內泰二：

「阿泰，我問你，這個學校有校歌嗎？」

喜歡物理的阿泰用很深沉的聲音回答：

「好像沒有喔。」

「是喔。」

荳荳有點裝模作樣的說：

「我覺得有校歌比較好，因為我以前讀的學校校歌很棒。」

說完，她大聲唱了起來。

「洗足池雖淺，深深包容偉人的胸襟。」

這是之前那所學校的校歌，雖然荳荳才讀那所學校沒多久，而且校歌有很多對一年級學生來說很費解的字眼，但荳荳記得很清楚。

（可惜只會唱這兩句。）

阿泰聽完後，似乎有點佩服，輕輕搖了兩次頭說：

「是喔。」

這時，其他學生也陸續走進教室，大家對荳荳能唱出這麼難的字句肅然起敬，又充滿了羨慕，紛紛感慨的發出「喔」的聲音。

荳荳說：

「我們請校長先生寫一首校歌。」

大家也有同感，紛紛說著：「好啊，好啊」，一行人走去校長室。

校長先生聽了荳荳唱的歌，又聽完大家提出的要求，對他們說：

「好，那我明天早上之前完成。」

「一言為定喔。」

一群人和校長約定後，又一起走回教室。

第二天早上，每個教室都收到校長的通知，「各位同學，請到校園集合」。荳荳和其他同學內心充滿期待，興奮的去校園集合。校長先生把一塊黑板拉到校園的正中央，對全校學生說：

「各位同學，這是你們的學校──巴氏學園的校歌。」

然後，他在黑板上畫了五線譜，接著又畫上了像這樣的小蝌蚪。

校長先生像樂團指揮一樣，高高舉起雙手說：

「來，大家一起唱。」

他說完，把手一揮，全校五十個學生都跟著老師唱了起來。

「巴氏、巴氏、巴氏！」

「……就這樣而已？」停頓了一下，荳荳忍不住問道。

校長先生得意的回答：

「對啊。」

荳荳用極度失望的聲音對校長先生說：

「應該更難一點才好啊，像是洗足池雖淺那樣。」

校長先生漲紅了臉，笑著：

「現在的不好嗎？我覺得還不錯啊。」

其他學生也很不領情的說：

「我們才不要這麼簡單的校歌。」

校長先生雖然一臉惋惜，但他並沒有生氣，只是用板擦把黑板上的樂譜擦掉了。荳荳雖然覺得有點對不起校長先生，又覺得這也沒辦法，因為她原本就想要一首聽起來更了不起的校歌。

雖然這首校歌用最簡單的方式充分表達了校長先生對學校、對學生的愛，但學生們還無法體會這一點。

之後，學生們都忘了校歌的事，校長先生可能也覺得不需要校歌，所以樂譜用板擦擦掉之後，巴氏學園始終沒有校歌。

物歸原位

荳荳今天忙壞了。因為她最心愛的錢包掉進學校的廁所裡了。雖然錢包裡沒有錢，但她很喜歡那個錢包，連去廁所都要隨身帶著。那是紅色、黃色和綠色格子緞面的四方形錢包，上面有一個三角形的蓋口，扣環就像是一個蘇格蘭㹴犬形狀的胸針，真的很漂亮。

荳荳從小就有一個怪癖，每次上完廁所，都會探頭往下看。因為這個怪癖的關係，她在上小學前，就曾經把草帽、白色蕾絲帽等不少東西掉進廁所。

以前的廁所不是現在的坐式馬桶，而是蹲式馬桶，下面是水槽，帽子掉下去的話，通常就會浮在水槽上面。所以媽媽經常提醒她：「上完廁所後，不要往下看！」

這天，她在上課之前去上廁所，不小心低頭看了一下，可能因為沒有拿牢的關係，心愛的錢包就噗通一聲掉下去了。當荳荳發出「啊啊！」的慘叫聲時，下面的黑洞裡已經看不到錢包的影子了。

荳荳並沒有不知所措的哭泣，也沒有放棄，她立刻跑去找打雜叔叔（現在的工友）的工具室，扛著灑水用的長柄杓跑回廁所。

荳荳那時候還很矮小，長柄杓的柄差不多是她身高的一倍，但她完全不在意這種事。荳荳繞到學校後方，尋找水肥抽取口的位置。她原本以為在廁所外側牆壁附近，但找了半天都沒看到，最後在離牆壁一公尺左右的地面，看到一個圓形水泥人孔蓋。

荳荳判斷那應該就是水肥抽取口。她費了很大的力氣終於移開了人孔蓋，發現下面是一個大洞。荳荳心想，那裡絕對就是抽取口。她把頭探進洞裡張望，自言自語的說：

「好像有九品佛的池塘那麼大。」

然後，荳荳就開始進行她的大工程。她把長柄杓伸進去撈。起初她往剛才掉了錢包的方向撈，因為裡面又深又暗，再加上三間廁所都通往同一個糞坑，所以池子很大。如果把頭伸得太裡面，恐怕會掉下去，所以她只能在裡面亂撈一通，然後把撈出來的東西堆在洞口附近。每撈一次，她都檢查裡面有沒有錢包。原本以為很快就可以撈到，但錢包不知道躲去哪裡了，撈了半天也沒撈到。不一會兒，她聽到了上課鈴聲。

怎麼辦呢？

荳荳思考著。

既然已經撈了半天了，她決定繼續，而且比之前更用力撈。

當她把撈出來的東西在洞口旁堆成一座小山時，校長先生剛好從廁所後方經過，看到荳荳，立刻問她：

「妳在幹什麼？」

荳荳沒有時間停下來休息，一邊用長柄杓往下撈，一邊回答說：

「我的錢包掉了。」

「是嗎？」

校長先生說完這句話，像平時散步時一樣，雙手握在背後離開了。

又過了一會兒，荳荳還是沒有找到錢包。小山愈堆愈高。

這時，校長先生又走過來問：

「找到了嗎？」

「沒有。」荳荳滿頭大汗，臉漲得通紅，被從糞坑裡撈出來的東西包圍了。校長先生把臉稍微湊到荳荳面前，用像朋友般的聲音說：

「結束之後，記得物歸原位。」

校長先生說完之後，又像剛才一樣走開了。

「嗯。」

荳荳很有精神的回答後，繼續埋頭工作，突然想到一件事，看著那堆小山想道。

「結束之後，我會物歸原位，但水要怎麼物歸原位？」

水分不斷被地面吸收，已經無影無蹤了。荳荳停下手，看著滲進地面的水，思考著該如何完成和校長先生的約定，是否能夠把所有的東西都放回去。最後她決定，只要稍微挖一點吸收了水分的泥土回去就可以解決了。

最後，糞坑幾乎都撈空了，挖出來的水肥堆得更高了，還是沒找到那個錢包，可能黏在邊緣或是池底了。不過，即使沒有找到，荳荳也已經心滿意足。因為她已經盡力了。

雖然這份滿足中，也包括了「校長先生看到我挖糞坑沒有生氣，完全信賴我，把我當成一個有獨立人格的人對待」，那個時候的荳荳，還無法搞清楚這麼複雜的事。

照理說，大部分大人看到荳荳在做的事都會說：「妳在幹什麼？」或是「太危險了，趕快住手」，可能也有人問：「要不要我幫忙？」但校長先生只說了一句：「弄完之後，記得物歸原位。」

媽媽從荳荳口中得知這件事時，覺得校長先生「實在太了不起了」。

那件事之後，荳荳上廁所時，終於不再看下面，而且覺得校長先生是可以充分信賴的人，比之前更喜歡校長先生了。

荳荳遵守了和校長之間的約定，把「小山」完全放回糞坑。雖然撈的時候費了很大的力氣，但三兩下就放回去了。然後，她用長柄杓刮起一層吸收了水分的泥土，一起倒回糞坑。把地面弄平，蓋好人孔蓋，再把長柄杓放回工具室。

那天晚上睡覺前，荳荳回想起那個掉進黑暗的漂亮錢包，還是覺得很捨不得。因為白天太累，所以她很快就睡著了。

相同的時候，荳荳白天奮鬥的那片地面還很溼，在月光的照耀下，閃著美麗的光。

她的錢包應該也還靜靜的躺在某個地方。

名字

荳荳的本名叫「徹子」，至於為什麼會取這個名字，是因為她即將出生時，家裡的親戚和爸爸、媽媽的朋友都說：

「一定是男孩！」

沒有生兒育女經驗的爸爸和媽媽相信了他們的話，決定要為即將出生的孩子取「徹」這個名字。結果生下來之後，才發現是女兒，有點不知所措，但因為他們都很喜歡「徹」這個字，所以沒有輕言放棄，立刻加了一個「子」，變成了「徹子」。

大家從小都叫她「小徹徹」，但她自己似乎並不覺得那是她的名字，只要有人問她：「妳叫什麼名字？」她總是回答：「小荳荳！」

這不光是因為小時候舌頭不夠靈活的關係，而是因為所知道的詞彙有限，所以無法正確把握別人發出的音。荳荳兒時一起玩的玩伴中，有一個男生經常把「肥皂泡」說成「回皂跑」，另一個女生會把「護理師」說成「護以師」，所以，當別人叫荳荳「徹子妹妹、徹子妹妹」的時候，她以為是「荳荳妹妹、荳荳妹妹」，而且她以為「妹妹」這兩個字也是她名字的一部分。不知道從什麼時候開始，爸爸開始叫她「荳荳助」。雖然不知道為什麼會有這個名字，但只有爸爸這麼叫她。

「荳荳助，我要抓玫瑰花上的象鼻蟲，妳可不可以幫忙？」

因為這樣的關係，在荳荳上小學之後，除了爸爸和洛基以外，大家都叫她「荳荳」，荳荳雖然在作業簿上寫了「徹子」的名字，但她還是覺得自己其實是叫「荳荳」。

單口相聲

荳荳昨天非常失望，因為媽媽對她說：

「妳以後不可以用收音機聽單口相聲了。」

在荳荳那個時代的收音機是很大的木箱子，通常都是長方形，有個圓圓的喇叭在前面，都會用粉紅色的絹綢包起來。中央是唐草圖案的雕刻，收音機上只有兩個開關，外形很優雅。荳荳上小學之前，總是喜歡把耳朵貼在收音機粉紅色絹綢上聽單口相聲。因為她覺得單口相聲很有趣，而且在昨天之前，媽媽從來沒有對她聽單口相聲這件事有過任何意見。

但是，昨天傍晚，爸爸管弦樂團的團員來荳荳家裡的客廳練弦樂四重奏時，媽媽告訴荳荳，拉大提琴的橘常定先生「帶了香蕉給妳」。荳荳吃完香蕉時，很恭敬的鞠了一躬，對橘先生說：

「小女子這廂有禮了！」

那天之後，荳荳只能趁爸爸、媽媽不在家的時候偷偷聽單口相聲。聽到精采處，荳荳總是捧腹大笑。如果有大人看到，可能會覺得「這麼小的孩子，竟然聽得懂這麼費解的相聲」，但無論孩子年紀再小，他們絕對能夠體會真正有趣的事。

電車要來了

今天午休的時候，美代說：

「今天晚上，會有新的電車送來喔。」

美代是校長先生第三個女兒，是荳荳的同班同學。

校園內已經有六輛當作教室使用的電車，沒想到又要送來一輛，而且美代說，那是「用來當圖書室的電車」，大家聽了都欣喜若狂。這時，不知道誰問了一句：「不知道新電車從哪裡開來學校……」

這是很大的疑問。

一陣沉默後，有人開了口。

「可能沿著大井町線的鐵軌開過來，然後從那裡的平交道離開鐵軌，開到我們學校吧。」

這時，又有人說：

「那不就是脫軌了嗎？」

另一個人說：

「可能是用人力車搬吧？」

立刻有人反駁說：

「那麼大的電車，哪裡有人力車可以裝得下？」

「也對……」

大家都想不出來了。的確沒有任何人力車或是貨車能夠承載國鐵的電車。

「我覺得……」荳荳想了很久，終於開了口，「會不會是把鐵路一直鋪到學校？」

有人問：

「從哪裡開始鋪？」

「什麼從哪裡，就是電車現在所在的地方啊……」

荳荳一邊回答，一邊覺得這似乎不是好方法。

因為她想到既然不知道電車在哪裡，那也不可能把房子拆掉，把鐵軌直接鋪到學校啊。

討論了半天，大家覺得「這也不可能」、「那也不是好方法」，爭論之後，終於決定「今晚不回家，親眼看看電車是怎麼來的」。

然後，派美代去問她爸爸，也就是校長先生，大家是不是可以留在學校等到晚上。不一會兒，美代回來了，告訴大家說：

「電車要深夜才來，要等到末班車過了之後。如果真的很想看，可以先回家徵求大人的意見，如果大人同意，可以在吃完晚餐後，帶著睡衣和毛毯來學校！」

「哇噢！」

大家更加興奮了。

「帶睡衣？」

「還要帶毛毯？」

那天下午，大家根本沒有心情上課。放學後，荳荳班上的同學都一溜煙跑回家了。每個人都祈禱著可以帶著睡衣和毛毯來學校集合……

荳荳一進門，立刻問媽媽：

「有電車要來，但我們不知道電車是怎麼開來的，所以要睡衣和毛毯。我可以去吧？」

全天下恐怕沒有任何一個媽媽聽了這番說明，能夠知道是怎麼回事，荳荳的媽媽也聽不懂她在說什麼，但看到荳荳一臉嚴肅的表情，察覺到「可能發生了很不尋常的事」。

媽媽問了荳荳很多問題，終於知道她在說什麼，也知道即將發生什麼事。媽媽覺得機會難得，既然有機會，就應該讓荳荳去見識一下，甚至連她自己都很想去看看。

媽媽為荳荳準備了睡衣和毛毯，吃完晚餐後，送她去了學校。

學校裡還有幾個聽到消息的高年級學生，總共有十個人。除了荳荳的媽媽，還有兩個媽媽也送孩子來學校，雖然也很想見識一下，但最後還是把孩子託付給校長先生，轉身離開了。

「電車來的時候，我會叫醒你們。」

聽到校長先生這麼說，大家都在禮堂內裹著毛毯睡覺了。

（電車到底怎麼運來學校的？光是想這個問題，晚上就睡不著了。）

雖然原本這麼以為，但因為白天到現在一直太興奮，終於感到累了，所以大家一邊說著：「一定要叫醒我們喔」，漸漸有了睡意，最後終於睡著了。

「來了！來了！」

聽到一陣喧嘩聲，荳荳跳了起來，從校園一直跑到門外。巨大的電車剛好在晨曦中現身，一切簡直就像在做夢。因為電車無聲無息的在沒有鐵軌的普通道路上開了過來。

這輛電車是從大井町的機廠用牽引車運過來的，荳荳和其他同學第一次知道原來還有比貨車更大的牽引車，這件事也讓他們感動不已。

原來，是這麼大的牽引車，在清晨還沒有人的街道上，緩緩載著電車來到學校。

接下來才是一場硬仗。因為那個時代還沒有大型吊車，要把電車從牽引車上卸下來，搬到校園內事先決定好的位置是一項大工程。把電車運過來的幾個年輕人把好幾根粗大的原木墊在電車下方，讓電車在原木上移動，再從牽引車上卸到校園內。

「你們仔細看好了，這叫滾軸，只要利用滾動的力量，就可以搬動這麼巨大的電車。」

校長先生向學生說明。

學生都看得很認真。

朝陽似乎隨著那些年輕人「嘿咻、嘿咻」的吆喝聲慢慢升起。

這輛曾經載過很多人，忙碌工作了很長一段時間的電車，也和其他六輛電車一樣，被卸下車輪，以後不再需要在鐵軌上奔跑，只要載著孩子們的歡笑和叫聲，在這裡享受清閒就好。

孩子們穿著睡衣站在朝陽中，為自己能夠見證這一刻由衷感到幸福，因為實在太開心了，他們一個一個跳到校長身上，或是懸空掛在校長先生的肩膀和手臂上。

校長先生東倒西歪的搖晃著，笑得很開心。看到校長先生的笑容，孩子們也高興的笑了。每個人臉上都帶著笑容。

大家將一輩子都記得那一刻的笑容。

游泳池

對荳荳來說，今天是一個值得紀念的日子。因為這是她有生以來，第一次在游泳池游泳，而且還是脫光光游泳。

今天早上，校長先生對大家說：

「天氣突然變熱了，我打算在游泳池放水。」

「哇噢！」

大家都跳了起來。一年級的荳荳和其他同學當然也歡呼起來，跳得比高年級學生更高。巴氏學園的游泳池不是常見的長方形，因為地形的關係，所以外形看起來像是一艘船頭有點窄的船，而且位在教室和禮堂中間的游泳池很大、很壯觀。

荳荳和其他同學在上課時也心神不寧，隔著電車的窗戶，頻頻向游泳池張望。沒有放水的游泳池就像是枯葉的運動場，但是打掃乾淨，放水之後，一眼就可以看出那是一個游泳池。

終於到了午休時間，當學生在泳池周圍集合時，校長先生說：

「做完暖身操，就來游泳吧。」

荳荳忍不住納悶。

（雖然我也不是很清楚，但通常游泳的時候，不是都會穿泳衣嗎？之前和爸爸、媽媽一起去鎌倉時，帶了泳衣、救生圈之類……一大堆東西。老師有叫我們今天要帶來嗎？）

校長先生好像猜到了荳荳的想法，對大家說：

「大家不必擔心泳衣的事，你們去禮堂看看就知道了。」

荳荳和其他一年級學生跑去禮堂一看，發現高年級的學生正大聲嚷嚷著脫衣服。脫完衣服後，就像洗澡時一樣，光著身子，一個又一個跑去校園。荳荳和其他同學也急急忙忙脫衣服。風是熱的，脫光衣服後感覺很舒服。他們衝出禮堂，站在階梯上時，其他學生已經在校園內做暖身操了。荳荳跟著其他同學全都光著腳，衝下樓梯。

教游泳的老師是美代的哥哥，也就是校長先生的兒子，他是運動選手，但並不是巴氏學園的老師，而是其他大學的游泳選手。他的名字和這所學園一樣，大家都叫他巴哥哥。巴哥哥穿著泳褲。

做完暖身操，在身上沖水之後，大家發出「咿！」、「啊！」、「哇哈哈哈」各種不同的聲音跳進了游泳池。荳荳觀察了大家片刻後，知道可以在泳池裡站直，所以也跟著下了水。泡澡的時候是溫水，泳池裡的水是冷的，但是泳池很大，即使伸直了雙手，摸到的還是水。

不管是胖的、瘦的，不管是男生、女生，都像剛出生時一樣光著身體，笑著、尖叫著潛入水裡。荳荳覺得「游泳池很好玩，也很舒服。」

荳荳為無法帶愛犬洛基一起來學校感到遺憾。因為既然可以不穿泳衣，那麼洛基一定也可以一起在泳池裡游泳。

校長先生其實並沒有特別規定要不要穿泳衣游泳，所以帶泳衣的學生想穿就穿。遇到像今天這樣臨時想到「要不要游泳？」的日子，事先沒有準備，光著身體下水也沒問題。至於為什麼要脫光光，是因為校長先生覺得「男生和女生不要對彼此身體的不同有不必要的遐想」，同時認為「把自己的身體遮遮掩掩，刻意不讓別人看到是很不自然的行為」。校長先生告訴學生，每個人的身體都很美。巴氏學園的學生中，有像泰明那樣得過小兒麻痺症的學生，也有長得特別矮等身體有缺陷的學生，校長先生認為，大家都一起脫光光玩水，可以消除這些孩子的忸怩心態，甚至有助於消除他們自卑感。那些身體有缺陷的孩子雖然一開始很害羞，但很快就放開了，和大家一起樂在其中後，不知不覺的把「難為情」的想法拋在了腦後。

儘管有些學生的家長還是很擔心，堅持要學生「一定要穿泳衣！」但那些學生看到像荳荳那樣，一開始就覺得「光著身體游泳比較舒服」的同學，和「忘了帶泳衣」的同學後，也覺得不穿泳衣比較好，所以也光著身體一起下水，等回家之前，才忙著用水把泳衣沖溼。因為這個原因，巴氏學園的學生全身都晒得很黑，身上幾乎沒有因為穿泳衣留下的白色痕跡。

成績單

荳荳背著書包，目不斜視的從車站跑回家裡。乍看之下，會以為發生了什麼大事。因為荳荳一出校門，就一路急著趕回家。

回到家中，一打開玄關的門，荳荳就叫了一聲：

「我回來了。」

然後急著找洛基的身影。洛基正把肚子貼著陽台的地板涼快，荳荳不發一語的坐在洛基面前，把背後的書包拿了下來，從書包裡拿出成績單。這是她第一張成績單。荳荳把寫了成績的部分放在洛基面前，讓牠可以看清楚，用得意的語氣說：

「你看！」

上面寫著甲或乙等各種字。荳荳還搞不清楚到底是乙比甲好，還是甲比乙好，洛基當然更加搞不懂，但荳荳覺得就是要讓洛基第一個看到她的第一張成績單，洛基也一定感到很高興。

洛基看著眼前這張紙，湊上去聞了聞味道，然後目不轉睛看著荳荳的臉，聽荳荳對牠說：

「是不是很棒？上面有很多漢字，你可能看不懂。」

洛基再度挪了一下腦袋，好像想要仔細看清楚，然後舔了舔荳荳的手。

荳荳站了起來，心滿意足的說：

「太好了，那我拿去給媽媽看。」

荳荳離開後，洛基站了起來，尋找其他更涼快的位置。然後慢慢趴下來，閉上眼睛，看牠閉眼睛的樣子，好像在思考成績單的事。

放暑假了

「明天要搭帳篷露營，所以請各位同學帶毛毯和睡衣，傍晚在學校集合。」
放暑假的前一天，荳荳從學校帶了校長先生的通知單回來交給媽媽。
「什麼是露營？」
荳荳問媽媽，媽媽也正在想這件事，所以回答說：
「就是在戶外搭帳篷，然後睡在帳篷裡。住帳篷的時候，可以一邊睡覺，一邊看天上的星星和月亮，但是要在哪裡搭帳篷呢？因為通知單上沒說要帶交通費，所以應該在學校附近吧。」
那天晚上睡覺時，荳荳想到露營的事，覺得既有點害怕，又充滿了要去探險的激動，翻來翻去睡不著。
第二天早上起床，荳荳就開始整理行李，把毛毯放在裝了睡衣的背包上，重得幾乎快把她壓垮了。傍晚時，她向爸爸、媽媽道別後，就出發去學校了。

所有學生都在學校集合，校長先生說：

「請各位同學去禮堂。」

等大家都來到禮堂後，校長先生拿起一個看起來硬梆梆的東西走上小舞台。原來是一頂綠色的帳篷。校長先生打開帳篷對大家說：

「接下來要教大家搭帳篷，請仔細看好囉。」

校長先生獨自俐落的搭著帳篷，一下子拉那裡的繩子，一下子在這裡豎起了桿子，轉眼之間，就搭好一個漂亮的三角形帳篷。

「接下來，你們自己動手，在禮堂內搭帳篷，今晚要在這裡露營。」

媽媽和大部分人一樣，以為露營就是在戶外搭帳篷，但是，校長先生有不同的想法。

「在禮堂內露營，即使下雨，或是半夜氣溫降低，也不必擔心！」

學生們都歡呼著「露營啦！露營啦！」幾個人一組，在老師的協助下，終於在禮堂內搭好了所有的帳篷。每頂帳篷可以睡三個人，荳荳立刻換上了睡衣，走去其他帳篷，從入口爬進爬出，玩得不亦樂乎。其他同學也都去別人的帳篷串門子。

所有人都換上睡衣後，校長先生坐在大家都可以看到的正中央，和大家分享他以前出國旅行的事。

有的學生從帳篷裡探出半個頭趴在那裡，有的正襟危坐，也有的靠在高年級學生的腿上，仰著頭，興致勃勃的聽著這些自己當然不可能去過，甚至根本沒有看過、聽過的外國事。校長先生說的一切都很新鮮，有時候又覺得那些國外的小朋友就像是朋友一樣。

雖然只是這樣而已……在禮堂內搭帳篷睡覺……這些對學生來說，卻是一輩子都難以忘記的愉快、寶貴的經驗，校長先生很了解如何讓孩子感到快樂。

校長和老師的故事說完了，禮堂內熄了燈，大家都窸窸窣窣的鑽進了自己的帳篷。

那裡的帳篷發出笑聲，這裡的帳篷傳來竊竊私語，對面的帳篷又傳來打鬧聲。不一會兒，都漸漸安靜下來。

雖然這次的露營沒有星星，也沒有月亮，但在小禮堂內露營的學生都發自內心感到滿足。

那天晚上，許許多多的星星和月光包圍了禮堂，一直在天上閃爍。

大冒險

在禮堂露營的第三天，終於來到了荳荳大冒險的日子。那是她和泰明的約定，而且爸爸、媽媽，還有泰明的家人也都不知道這件事。這個約定就是「荳荳要邀請泰明來荳荳的樹上玩」。

荳荳的樹是巴氏學園內的一棵樹，巴氏學園的校園內種了很多樹，學生都會指定一棵自己專用的樹，爬到樹上玩。荳荳的樹位在校園角落，就在面向通往九品佛的那條小路的圍籬旁。

那棵樹很粗，爬樹的時候很容易滑下來，一旦爬到兩公尺的高度，樹枝剛好分岔，分岔的地方很寬敞，好像是一張天然的吊床。荳荳在課間休息和放學後，經常坐在那裡看遠處，或是仰望天空，有時候觀察來往的行人。

想要爬其他同學的樹時，要先向「樹主」打招呼：「不好意思，打擾一下」，總之，每個學生都有「自己的樹」。

泰明得過小兒痲痺症，從來沒有爬過樹，也沒有自己的樹，所以，荳荳和泰明約定，今天要邀請泰明來爬自己的樹。荳荳之所以瞞著大家，是因為她覺得大家一定會反對。她出門的時候對媽媽說：

「我要去田園調布找泰明玩。」

因為她說了謊，所以不敢看媽媽的臉，低頭看著自己的鞋帶，但在車站和一路跟來的洛基道別時，她說了實話。

「我要請泰明來爬我的樹！」

荳荳一路晃著掛在脖子上的票夾來到學校，因為正在放暑假，所以學校內空無一人，只有泰明獨自站在花圃旁。泰明比荳荳大一歲，但說話的感覺好像比荳荳大很多歲。

泰明看到荳荳，立刻伸出雙手，一瘸一拐的跑了過來。荳荳想到即將展開祕密冒險，也不由得高興起來，一看到泰明，立刻「嘻嘻嘻嘻嘻」的笑了。

荳荳帶著泰明來到自己的樹旁，然後按照昨晚想好的計畫，跑去工友叔叔的工具室，拖著梯子走了回來，架在樹枝分岔的地方，三兩下就爬了上去，在上面按住梯子，對著下面喊：

「可以了，你爬看看。」

泰明手腳都無法使力，連梯子都無法踩上去。於是，荳荳背對著梯子，以驚人的速度走下梯子，從下面托著泰明的屁股，想要把他推上去。但是荳荳又瘦又矮，只能勉強托住泰明的屁股，卻沒有力氣按住搖晃的梯子。

泰明收回踩在梯子上的腳，低頭站在梯子旁不發一語。荳荳這才發現並沒有她想像的那麼簡單。

（怎麼辦呢……？）

但是，荳荳無論如何，都希望泰明能夠爬上自己的樹，因為泰明也一直很期待今天的冒險。荳荳繞到一臉沮喪的泰明面前，鼓起臉頰扮了鬼臉後，很有精神的對泰明說：

「等我一下，我想到一個好方法！」

然後，她再度跑向工具室。她在工具室翻出各式各樣的東西，思考著有沒有什麼好方法，最後，終於發現了三角梯。

（這個梯子很穩，即使不用手扶著也沒問題。）

荳荳拖著三角梯來到樹旁，她第一次知道「原來自己這麼有力氣」。當她把三角梯架在樹下時，發現剛好到樹枝分岔的位置。荳荳用好像是大姊姊般的聲音對泰明說：

「不要害怕，現在不會搖晃了。」

泰明膽戰心驚的看著三角梯，然後看著滿頭大汗的荳荳。泰明也滿頭大汗，他抬頭看著樹，終於下定決心，站上了梯子。

泰明不知道花了多少時間，才終於站在三角梯的最上面。夏天的艷陽下，兩個人什麼都沒想，一心只想著泰明能夠爬上梯子。荳荳鑽到泰明的腳下，時而托著他的腳，時而用頭頂著泰明的屁股。泰明也用盡全身的力氣，最後終於爬到了梯子的頂端。

「萬歲！」

但是，接下來的發展令他們感到沮喪。荳荳跳上了枝椏，但無論怎麼拉，也無法把站在梯子上的泰明拉到樹上。泰明抓著梯子的頂端看著荳荳，荳荳突然很想哭。

（怎麼會這樣？我邀請泰明來我的樹，是希望讓他看到各式各樣的東西……）

但是，荳荳沒有哭。因為她知道如果自己哭了，泰明一定也會哭。

荳荳握住了泰明因為小兒麻痺的後遺症，手指黏在一起的那隻手。他的手比荳荳的大很多，手指也很長。荳荳握著他的手很久，然後對他說：

「你要不要躺下試試，我會拉你。」

荳荳站在枝椏上，開始用力拉趴在三角梯上的泰明。如果有大人看到，一定會發出尖叫聲，因為他們兩個人都重心不穩，好像隨時會摔下去。

但是，泰明完全信賴荳荳，荳荳也投入了自己所有的生命力。她的小手緊緊握著泰明的手，用盡全身的力量把泰明拉上來。

積雨雲不時擋住了陽光。

最後，他們終於面對面坐在樹上。

荳荳用摸著被汗水溼透的旁分頭髮，對著泰明鞠了一躬說：

「歡迎光臨。」

泰明倚靠在樹上，有點害羞的笑著回答：

「打擾了。」

這是泰明有生以來第一次看到的風景，他高興的說：

「我終於知道爬樹原來是這樣的感覺。」

他們在樹上聊了很多事。泰明興奮的告訴荳荳：

「我聽在美國的姊姊說，美國有一種叫電視機的東西，外形好像箱子一樣。如果日本也有的話，就可以坐在家裡，看國技館的相撲。」

泰明出遠門很辛苦，對他來說，能夠坐在家裡看各式各樣的東西是多麼高興的事。只是荳荳還無法了解這件事，忍不住想，箱子裡有相撲是怎麼回事？相撲力士都那麼胖，怎麼來家裡，然後跑進箱子裡？

荳荳覺得泰明說起電視機的事很奇怪。那時候，大家都不知道電視機是什麼東西，荳荳第一次從泰明口中知道了電視的事。

蟬聲此起彼落。

兩個人都感到心滿意足。
這是泰明第一次，也是最後一次爬樹。

試膽大會

「有什麼東西很臭很可怕，但很好吃？」這題腦筋急轉彎很有趣，荳荳他們早就知道答案了，但無論玩幾次，都覺得意猶未盡，所以經常和同學一起玩。

「你趕快問那題『有什麼東西很臭很可怕』的腦筋急轉彎。」

答案是「鬼在廁所吃和菓子饅頭」。

巴氏學園今天晚上的試膽大會有點像這題腦筋急轉彎。

「有什麼東西很可怕、很癢，但很好笑？」

在禮堂內搭帳篷露營的那天晚上，校長先生問：

「我們計畫在九品佛的寺院舉行『試膽大會』，想要當鬼的同學請舉手。」

七個男生爭先恐後舉手想要當鬼。今天傍晚，當大家都在學校集合時，當鬼的學生各自帶了自己準備的扮鬼衣服和裝扮，嚇唬大家說：

「我會很可怕喲！」

然後就躲去九品佛寺院的某個地方。其他三十名左右的學生分成五人一組，分批從學校出發，繞去九品佛的寺院和墓地後，再回來學校。校長先生說：

「試膽大會是要測試大家到底有多大的膽量，但如果感到害怕，中途回來也完全沒問題。」

荳荳向媽媽借了手電筒，媽媽叮嚀她說：「小心別弄丟了。」

有的男生帶了捕捉蝴蝶的網子說：「我要抓鬼。」

也有的學生帶了繩子說：「我要把鬼綁起來。」

校長先生向大家說明後，大家用猜拳決定分組時，天色已經暗了下來。

「第一組可以出發了。」

大家都興奮的尖叫著走出校門，終於輪到荳荳那一組了。

（雖然校長先生說，走到九品佛的寺院之前的路上不會遇到鬼，但真的不會遇到嗎？）

荳荳沿途都膽戰心驚，好不容易來到可以看到哼哈二將的寺院入口。雖然有月光，但夜晚的寺院很暗，平時都覺得寺院很空曠、很舒服，但今天想到不知道哪裡有鬼，荳荳和其他同學就嚇得渾身發抖，所以，只要看到風吹樹動，就有人尖叫起來。不小心踩到軟軟的東西，就有人大叫著：「鬼來了！」最後甚至開始懷疑和自己牽著手的同學「會不會也是鬼啊？」荳荳決定不去墓園那裡了，因為墓園那裡絕對有鬼，而且她已經充分了解試膽大會是怎麼一回事，所以決定先回去學校。剛好同組的其他同學也有相同的想法，荳荳很慶幸不用一個人回去，跟著大家一路跑回學校去。

回到學校後，發現比他們早出發的小組也都回來了。原來大家都太害怕了，幾乎沒有人去墓園。

不一會兒，一個頭上蒙著白布的男生哭哭啼啼的跟著老師從大門走進來。他扮成鬼，一直蹲在墓園裡等大家，但等了半大都沒有人來，他愈來愈害怕，最後終於衝出墓園，站在馬路上哭了。好不容易被巡邏的老師發現，才把他帶回來。大家正在安慰他時，又有一個扮鬼的男孩和另一個男孩回到學校。扮鬼的男孩看到有人走進墓園，衝出去想要大叫一聲：「鬼來了！」沒想到和跑過來的那個男生撞個正著，一個嚇壞了，另一個痛死了，兩個人都哭著一起跑回來。大家覺得很好笑，再加上因為可怕的事終於結束感到安心，個個都笑翻了，扮鬼的男孩也邊哭邊笑。

這時，荳荳班上的右田同學也跑回來，嘀咕著：「太過分了，我一直在等大家呢！」用報紙套住頭扮鬼的他拚命抓著被蚊子叮咬的手和腳。

這時，有人說：「鬼被蚊子咬了！」大家又笑了起來。

五年級的班導師丸山老師說：

「那我去把剩下的鬼帶回來。」

說完，就走出校門，然後把在路燈下東張西望，準備嚇人的鬼和因為害怕逃回家的鬼都帶回學校。

那天晚上之後，巴氏學園的學生都不再怕鬼了。

因為他們知道，原來鬼也害怕很多事。

練習所

荳荳姿勢端正的走在街上，愛犬洛基不時抬頭看著荳荳，也姿勢端正的走在街上。這種時候，就是荳荳要去爸爸的練習所的時候。

平時荳荳走在街上，不是急急忙忙的奔跑，就是東張西望的走來走去，尋找自己遺失的東西，或是穿越別人家的庭院，從圍籬下鑽進鑽出，所以很難得像今天這樣乖乖走路。這種時候，就立刻知道「她要去練習所」。練習所離荳荳家差不多五分鐘的路程。

荳荳的爸爸是管弦樂團的樂團首席。樂團首席都是小提琴手，荳荳一直很好奇，有一次她跟著大人去聽演奏會，當觀眾熱烈鼓掌時，滿頭大汗的指揮叔叔轉身面對觀眾席，走下指揮台，去和坐在他旁邊拉小提琴的荳荳爸爸握手。荳荳爸爸站起來後，管弦樂團的所有團員也都站了起來。

「為什麼要握手？」

荳荳小聲的問，媽媽告訴她：

「因為爸爸和其他團員都很認真演奏，這是指揮向代表樂團所有團員的爸爸說『謝謝』的意思。」

荳荳很喜歡練習所，因為學校全都是小孩子，但這裡全都是大人，而且有各種樂團演奏音樂，指揮羅森史塔克先生的日文說得很好笑。

爸爸告訴荳荳，羅森史塔克先生名叫約瑟夫．羅森史塔克，是歐洲赫赫有名的指揮家，因為希特勒打算做很可怕的事，他為了能夠繼續從事音樂工作，所以逃離祖國，來到遙遠的日本。爸爸說，他很尊敬羅森史塔克先生。

荳荳雖然還不了解世界局勢，但那時候希特勒已經開始迫害猶太人。如果沒有這種事，羅森史塔克就不會來日本，山田耕筰創立的這個管弦樂團可能沒有機會在這位世界級指揮家的帶領下迅速成長。總之，羅森史塔克先生要求演奏達到和歐洲一流管弦樂團相同的水準，所以，每次練習結束時，羅森史塔克先生都會流淚哭泣：

「我這麼努力，你們卻無法回應我的要求。」

羅森史塔克先生指示暫停練習時，代理指揮的首席大提琴手齋藤秀雄先生，他用流利的德語代表樂團成員安撫羅森史塔克先生說：

「所有團員都很努力，只是技術還跟不上，絕對不是故意的。」

荳荳曾經看過羅森史塔克先生臉漲得通紅，用外國話大聲咆哮，頭頂好像快冒煙了。這種時候，原本托腮看著樂團練習的荳荳就會把頭從探頭張望的窗戶縮回，和洛基一起蹲在地上不敢出聲，等待音樂聲再度響起。

羅森史塔克先生平時很和藹可親，他說的日文很好笑，當大家演奏很成功時，他就會說：「黑柳先生！肥（非）常好！」或是「台（太）棒了！」

荳荳從來沒有走進練習所內，每次都是悄悄的從窗戶張望，聽他們演奏的音樂。所以有時候等到大家出來休息抽菸時，爸爸才發現她，說：「喔！荳荳助，妳來了啊。」

羅森史塔克先生每次看到荳荳，就會說：「早安」或是「午安」，雖然荳荳已經長大，他還是像荳荳以前小時候那樣把她抱起來，和她貼著臉。荳荳覺得有點難為情，但她很喜歡戴著銀色細框眼鏡，鼻子很高，個子不高的羅森史塔克先生。他的五官很優雅瀟灑，一看就知道是藝術家。

從洗足池吹來的風帶著練習所的音樂聲，吹去很遠的地方，有時候還會夾雜著「金魚——漂亮的金魚！」的叫賣聲。總之，荳荳很喜歡這棟歐式建築風格，有點老舊的練習所。

溫泉旅行

暑假已經接近尾聲，對巴氏學園的學生來說，可稱為年度重頭戲的溫泉旅行的日子終於來臨了。暑假前的某一天，荳荳放學回來時問媽媽：

「我可以和大家一起去溫泉旅行嗎？」

向來處變不驚的媽媽也忍不住感到驚訝。通常都是老爺爺、老奶奶結伴去溫泉旅行，小學一年級的學生竟然去溫泉旅行！但仔細看了校長先生的信之後，媽媽不由得佩服校長先生，覺得這真是一件有趣的事。那張「海邊戶外教學」的通知單上寫著，靜岡伊豆半島有一個名叫土肥的地方，那裡的海中冒出溫泉，小孩子可以游泳戲水泡溫泉。巴氏學園有一名學生的父親在那裡有別墅，可以讓全校一年級到六年級約五十名學生全都住在那裡，大家將去那裡一起度過三天兩夜。媽媽當然同意荳荳參加。

今天，巴氏學園的學生帶著去溫泉旅行的行李在學校集合。當所有人都集中在校園時，校長先生說：

「大家聽好了，今天我們要搭船和火車，千萬不要和大家走失了。現在出發吧。」

校長先生只叮嚀了這句話，大家從自由之丘車站搭東橫線時都格外安靜，沒有人跑來跑去，說話的時候只和旁邊的人小聲交談。巴氏學園的老師從來沒有要求學生：「前進的隊伍要整齊！」、「搭電車時不可以大聲喧嘩！」或是「不要亂丟垃圾」之類的事，但學生都覺得推擠比自己年紀更小、更弱的人，或是對他們有粗暴的行為很丟臉，看到哪裡髒亂，就會主動打掃乾淨，也會盡可能避免造成他人的困擾，這都是在每天的生活中，漸漸培養起來的習慣。

但是回想起來，幾個月前，上課時還會和叮咚廣告人聊天，造成其他同學困擾的荳荳，來到巴氏學園之後，就乖乖坐在自己的座位上讀書，也是一件很不可思議的事。總之，荳荳現在能夠和其他同學乖乖坐著上課、旅行，如果之前學校的老師看到，一定會覺得「不可能是同一個人」。

大家在沼津搭上了期盼已久的輪船。雖然船並不是很大，但大家都興奮的看看這裡，摸摸那裡，或是攀在船上讓身體懸空。當船準備出港時，還伸手向街上的人揮手道別。

中途下起了雨，大家都從甲板上躲回船艙，而且輪船開始劇烈搖晃。荳荳忍不住想要嘔吐，還有其他幾個同學也覺得很不舒服。於是，高年級的男生站在晃動的船中央控制重心，當船開始搖晃時，他叫著：「啊喲喲喲！」時而跑向左邊，時而跑到右邊。大家覺得很好笑，雖然很想要吐，也很想哭，但還是忍不住笑了起來。笑著笑著，就到了土肥。雖然說起來很可憐，但又實在很好笑的是，下了船之後，大家都一下子變得有精神了，反而是剛才那個「啊喲喲喲！」的學生開始感到不舒服。

土肥溫泉是一個安靜的地方，美麗的村莊內有海、有樹林，還有一個臨海的小山丘。大家休息片刻後，跟著老師一起去海邊。因為這裡不是學校的游泳池，大家下水時，全都穿了泳衣。

海裡的溫泉和普通的溫泉很不一樣，因為沒有任何界線，所以不知道從哪裡到哪裡是溫泉，從哪裡開始是大海，所以記住了老師說：「這裡是溫泉」的位置，蹲下來後，溫泉的高度剛好到脖子的位置，真的像在家裡泡澡一樣溫暖，感覺很舒服。從溫泉去大海時，橫著走大約五公尺左右，水就漸漸變涼了，繼續往前，就會變成冷水，於是就知道「這裡是海！」所以，大家在海裡游泳覺得冷的時候，就急急忙忙游回溫暖的溫泉，把脖子以下都泡在溫泉裡，就有一種回到家的感覺。有趣的是，雖然看起來是同一片海，但當大家去海裡的時候，都會戴上泳帽游泳，回到溫泉的時候，就會圍成一圈輕鬆的聊天。如果有旁人看到，一定會覺得這些小學生在泡溫泉的樣子，其實和老爺爺、老奶奶沒什麼兩樣。

那時候的海邊幾乎沒什麼外人，海岸和溫泉都好像是巴氏學園的學生專用的，大家盡情的享受著罕見的溫泉海水浴，所以傍晚回到別墅時，每個學生都因為在水裡泡太久了，手指上的皮膚都皺了起來。

晚上躺進被子後，大家輪流開始說鬼故事。荳荳和其他一年級的學生都嚇得哭了起來，但一邊哭，一邊忍不住問：

「然後呢？」

在土肥溫泉三天的生活和之前在學校的露營和試膽大會都不一樣，是實際的生活。比方說，晚餐之前，要輪流去蔬果店和魚店買晚餐的食材，當陌生的大人問：「你們是哪一所學校的學生？」或是「你們是從哪裡來的？」時，也要認真回答。有的學生差一點在樹林中迷路，也有人游得太遠，自己游不回來，讓大家擔心不已，還有人被海邊的碎玻璃割傷了腳。遇到這些情況時，每個學生都會思考，自己怎樣才能發揮最大的作用。

這三天的生活也有很多快樂的事。附近有很大的樹林，樹林裡有很多蟬，還有賣冰棒的店，還在海岸遇到一個獨自在建造一艘大木船的叔叔。因為已經大致有了船的形狀，所以每天早晨起床後，大家都會跑去看新的進度。荳荳向那個叔叔要了一條又薄又長的刨花當作禮物。

離開的那一天，校長先生問大家：

「怎麼樣？要不要拍一張紀念照？」

以前大家從來沒有一起合影過，所以每個人都很興奮，當女老師說：「好，我要拍了！」時，有人想要去上廁所。老師又問：「現在可以拍了吧？」有人發現自己的運動鞋穿反了，趕緊重新穿好。有人一直維持緊張的姿勢，當老師說：「好，要拍囉！」的時候，有人叫著：「啊，我不行了，累慘了！」然後就躺了下來。總之，拍照花了很長的時間。

以大海為背景，每個人做出各種不同姿勢的照片，成為所有孩子的寶貝。因為只要看到這張照片，就會想起輪船的事、溫泉的事、鬼故事，還有那個「啊喲喲喲！」的同學。

荳荳的第一個暑假充滿了許多絕對無法忘記的快樂回憶。

那個時候的東京，附近的池塘裡有很多小龍蝦，也可以看到牛拉著垃圾車走在路上。

韻律訓練

暑假結束，第二學期開學了。暑假的時候，參加各種活動時，荳荳和班上的同學，還有高年級的同學都變成好朋友，所以她更喜歡巴氏學園了。

巴氏學園的上課方式和普通小學不一樣，而且有很多音樂課，有豐富的音樂課程，而且每天都有「韻律訓練」課。韻律訓練是一個叫達爾克羅茲的人創編的節奏教育，這項研究是在一九〇五年（明治三十八年）發表，但很快在歐洲各國和美國受到矚目，各國都設立了訓練中心或是研究中心。至於達爾克羅茲的韻律訓練為什麼會出現在巴氏學園，當然是有原因的。

校長小林宗作先生在創立巴氏學園之前，曾經去歐洲了解外國如何進行兒童教育，他去參觀許多不同的小學，也拜訪了很多教育家，在巴黎遇到優秀的作曲家，也同時是教育家的達爾克羅茲先生。

達爾克羅茲先生一直在思考：「如何才能讓孩子了解音樂不是用耳朵聽，

而是用心在聽、在感受，如何才能排除死板的教育，讓孩子充分感受生動活潑的音樂……如何才能喚醒孩子內心沉睡的感覺？」最後，他從孩子們自由的跳躍中，發現、創立了富有節奏的體操「韻律訓練」。

小林校長在達爾克羅茲先生位在巴黎的學校停留了一年多的時間，學會了韻律訓練。岔題說一些陳年往事，日本有很多人都受到這位達爾克羅茲先生的影響，包含山田耕筰、現代舞的創始人石井漠、歌舞伎的第二代市川左團次，新劇運動的先驅小山內薰，和舞蹈家伊藤道郎等人，都認為韻律訓練是所有藝術的基礎，所以都向達爾克羅茲先生拜師學藝，但小林校長是第一位將韻律訓練融入小學教育的人。

「韻律訓練是什麼？」

針對這個問題，小林校長回答說：

「韻律訓練就是可以促進身體的機械組織更精巧的遊戲，是讓心靈學會駕馭技術的遊戲，是讓身心體會節奏的遊戲。練習韻律訓練，可以讓性格更富有節奏。富有節奏的性格很優美、很堅強，能夠很坦誠的順應自然的法則。」

韻律訓練還有很多益處。總之，荳荳和全體同學從讓身體了解節奏開始。校長先生在禮堂的小舞台上彈鋼琴，學生隨著音樂的節奏，從各自喜歡的位置開始走路。雖然隨便怎麼走都沒關係，但和其他人走路方向相反時會撞到，感覺很不自在，所以大家都走向相同的方向。

雖然形成一個圓形，但並沒有排成一列，而是自由順著相同的方向走。聽著音樂，如果發現是「二拍子」，就要像指揮一樣，配合著二拍子，雙手上下用力揮動走路。腳步並不是用力踩，但也不是像跳芭蕾舞一樣用腳尖走路，校長先生說：「要有拖著大拇趾走的感覺，讓身體輕鬆的自由晃動。」總之，自然最重要，所以每個學生可以按照自己的感覺走。

當節奏變成三拍子時，雙手就要按三拍子揮動，走路也要配合節奏時快時慢。雙手要像在指揮時一樣跟著節拍揮動，如果是四拍子，就是「向下、轉圈、橫向、向上」，五拍子時變成「向下、轉圈、向前、橫向、向上」，到了六拍子時，就變成「向下，轉圈、向前、胸前再度轉圈、橫向、向上」。

所以，當節拍不斷改變時，做這些動作就有難度，更難的是，校長先生有時候邊彈鋼琴，邊大聲的說：

「即使鋼琴的音樂變了，你們也不要馬上改變！」

比方說，起初按照「二拍子」的節奏走路，當鋼琴的音樂變成三拍子時，我們必須在聽三拍子音樂的同時，仍然按二拍子的節奏走。雖然很難，但校長先生認為這樣可以培養學生的專注力，以及堅定的意見。

當校長先生說：

「現在可以了！」

大家都覺得「啊，太開心了……」，立刻按照三拍子的節奏開始走，這時就會告訴自己，千萬不能慌張，要立刻忘記剛才的二拍子，大腦的命令要立刻傳達到身體，也就是由肌肉貫徹執行，適應三拍子的節奏。腦袋裡還在這麼想的時候，鋼琴已經開始彈五拍子的音樂。

剛開始練韻律訓練時，手和腳的動作經常亂成一團，大家紛紛叫著：「老師，等一下、等一下啦！」走得手忙腳亂，但漸漸適應之後，就覺得很輕鬆自在，有時候也可以做自己設計的動作，所以愈練愈開心。通常都是單獨練習，心情好的時候，會和其他同學並排練習，二拍子的時候牽著手練習，或是閉上眼睛，但是在練習時嚴禁交談。

很多媽媽來學校參加家長會時，會偷偷的在外面張望。每個小孩子露出最自在的表情，自由的活動手腳，開心的蹦跳，配合節奏活動的景象非常賞心悅目。

韻律訓練從讓身心體會節奏開始，有助於協助精神和肉體的協調，進而喚醒想像力，促進創造力的發展。荳荳第一天來這所學校時，在校門口問媽媽：

「什麼是巴氏？」

成為這所學校名稱的「巴」，是黑白雙色雙巴紋的紋章，代表了校長希望學生的身心兩方面都協調發展的心願。

韻律訓練還有很多種，校長先生隨時都在思考如何讓學生與生俱來的資質發揚光大，不會被周圍的大人破壞。所以，在韻律訓練這件事上，他也認為：

「現代教育過度仰賴文字和語言，會不會因此導致孩子用心體會大自然，傾聽神的呢喃，接觸靈感的能力退化？

幽靜古池畔　青蛙縱身穿入水　靜豬水聲傳……

古代詩人芭蕉並不是唯一看到青蛙跳入水池中這個現象的人，古今東西，也並非只有瓦特和牛頓看過燒水時，水壺冒出蒸氣，看到蘋果從樹上掉下來。

世界上最可怕的事，莫過於視而不見美，聽而不知樂，有心卻不辨真偽，不知感動，無法燃燒……」

正因為校長先生經常如此感嘆，所以才會在確信韻律訓練將帶來良好的結果後，將它納入課程的一部分。荳荳就像美國舞蹈家、現代舞創始人伊莎朵拉·鄧肯一樣光著腳奔跑、蹦跳，用這種方式上課真是太開心了。

一輩子的拜託

荳荳有生以來第一次去參加廟會。廟會就在以前讀的那所學校旁洗足池，祭祀辯天神的小島上舉行。她跟著爸爸、媽媽走在昏暗的道路上，眼前突然一片明亮，原來是廟會，到處都張燈結綵。荳荳立刻興奮起來，探頭向每一個攤位張望。到處都傳來嗶、呼、咻嚕咻嚕的聲音，飄來各種不同的味道，都是荳荳以前從來沒有見過的新鮮事物。掛在紅色、黃色和粉紅色編織繩上的薄荷棒，都是貓、狗和貝蒂娃娃的圖案，還有棉花糖、棒棒糖，還有把染了色的白色棣棠花蕊塞進竹筒裡，用棒子一擠，就會發出「呼、呼」聲響的棣棠花槍。有些叔叔在街頭表演吞刀或是吃玻璃，還有的叔叔在賣一種奇怪的「粉末」，只要塗在碗邊，就會發出「汪」的聲音，還有會讓錢消失的魔術道具「金輪」、日光照片、水中花……

荳荳一路東張西望，突然「哇！」的叫了一聲，停下腳步。因為她看到黃色的小雞。小箱子裡擠滿了圓滾滾的小雞，都嘰嘰嘰的叫著。

「我要！」

荳荳拉著爸爸、媽媽的手。

「幫我買這個！」

小雞對著荳荳搖著小屁股，抬起嘴巴，更用力的嘰嘰叫了起來。

「好可愛……」

荳荳蹲了下來。她以前從來沒有見過這麼小、這麼可愛的東西。

「對不對？」

荳荳仰頭看著爸爸和媽媽，沒想到爸爸和媽媽拉著荳荳的手想要離開。

「你們不是說，我看到喜歡的東西可以買嗎？我想要這個！」

媽媽小聲的說：

「這種小雞很快就死了，很可憐，我們不要買。」

「為什麼？」

荳荳快哭了。

「那些小雞雖然現在看起來很可愛，但身體很弱，很快就死了。爸爸、媽媽不想看到妳到時候傷心。」

爸爸把荳荳拉到一旁小聲的說，以免被賣小雞的人聽到。

但是，荳荳已經看到了這麼可愛的小雞，怎麼勸也沒用了。

「我會好好照顧，絕對不會讓牠們死掉。拜託啦！」

爸爸、媽媽仍然堅持把荳荳從小雞箱子前拉走，荳荳被爸爸、媽媽拉著走，仍然看著那些小雞。那些小雞比剛才更用力的叫著，好像都想跟荳荳回家。荳荳覺得除了小雞以外，她什麼都不想要。她對著爸爸、媽媽鞠躬說：

「拜託你們，幫我買小雞。」

但是，爸爸和媽媽也很堅持。

「到時候妳會傷心，所以還是不要買比較好。」

荳荳忍不住哭了起來，然後一路哭著走向回家的方向。走到一個暗處時，她忍不住哭著說：

「求求你們，這是我一輩子的拜託，到死之前，我都不會再叫你們買東西給我了，請你們幫我買小雞。」

爸爸和媽媽終於屈服了。

荳荳破涕為笑。她滿臉興奮的捧著小盒子，裡面有兩隻小雞。

第二天，媽媽請木工做了一個有屋簷的小木箱，裡面還裝了燈泡為小雞取暖。荳荳一整天都看著兩隻小雞，兩隻黃色的小雞太可愛了。

但是，到了第四天，其中一隻不動了，到了第五天，另一隻也不動了。無論怎麼摸牠們、叫牠們，牠們都不再嘰嘰叫，而且等了很久，牠們也沒有睜開眼睛。爸爸和媽媽說得對。

荳荳獨自哭著，在庭院裡挖了洞，埋葬兩隻小雞，然後又插上小花。沒有了小雞的小木箱空蕩蕩的，看起來特別大。荳荳看到小木箱裡有一根黃色的羽毛時，想起牠們在廟會那天用力叫的樣子，忍不住咬著牙哭了起來。

沒想到一輩子的拜託，這麼快就消失了……這是荳荳在人生中初嘗「離別」的滋味。

tun.

最舊的衣服

校長先生經常對巴氏學園的學生家長說：

「讓孩子穿最舊的衣服來學校。」

因為校長先生覺得，對孩子來說「如果弄髒了，媽媽會罵」或是「因為衣服會弄破，所以不能和大家一起玩」是一件很掃興的事，所以要求家長讓孩子穿最舊的衣服，即使沾滿泥巴，或者弄破了也沒有關係。

巴氏學園附近有些小學都要求學生穿制服，也有些是水手服，或是學生服加短褲，只有巴氏學園的學生都穿便服到學校上課。因為是校方允許的，所以學生都會盡情的玩，完全不在意衣服的問題。那個時代還沒有牛仔褲這種耐磨布料，每個孩子的長褲上都有補釘，女生的裙子也都用耐磨的布料製作。

荳荳最喜歡的遊戲就是鑽進別人家的籬笆，或是從空地的圍籬下鑽過去，對她來說，不必在意衣服實在太方便了。那時候的圍籬都會用小孩子稱為「鐵絲網」的有刺鐵絲，或是荊棘線繞在柵欄上，有些甚至一直纏繞到靠近地面的柵欄。想要鑽過去時，要先把頭鑽到圍籬下方，把鐵絲網向上推，然後挖個洞再鑽過去，就和狗鑽洞沒什麼兩樣。雖然荳荳每次鑽的時候都很小心，但還是經常被帶刺的鐵刺勾破衣服。有一次，她穿了一件已經有點變形的舊薄毛料洋裝，那次不是裙子勾破，或是不小心勾到而已，而是從後背到屁股總共有七個地方都被扯破了，看起來就像是背了一個雞毛撣。雖然那件洋裝舊了，但荳荳知道媽媽很喜歡那件衣服，所以絞盡腦汁思考回家怎麼說。因為她覺得實話實說，告訴媽媽「在鑽鐵絲網時勾破了」，媽媽會很難過，所以她想編謊言安慰媽媽。

她覺得最好可以說出「因為不得已，所以才會扯破」的理由。最後，她終於想到了，她一進門，就對媽媽說：

「剛才我走在路上的時候，有幾個小孩子拿刀子朝我背上丟，結果衣服就破了。」

她在說的時候忍不住擔心，如果媽媽追問就慘了，但幸好媽媽只說：

「啊喲，是嗎？太可怕了。」

啊，太好了。荳荳鬆了一口氣，覺得媽媽一定認為，既然是這個原因，她喜歡的那件洋裝破了也是無可奈何的事。

媽媽當然不可能相信荳荳的衣服是被刀子割破的，況且，如果被人從背後丟刀子，怎麼可能只有衣服割破，身體卻毫髮無傷。而且，荳荳也完全沒有害怕的樣子，媽媽立刻察覺她在說謊，只是媽媽覺得荳荳難得會為自己衣服扯破找藉口，和平時不一樣，一定很在意衣服的事，所以覺得她很乖。媽媽倒是利用這個機會，問了之前一直好奇的問題。

「衣服被刀子或是其他東西割破、勾破我都能理解，為什麼每天連內褲也是這裡破、那裡破的呢？」

媽媽搞不懂，為什麼白色蕾絲內褲屁股的地方每天也都會勾破。

（如果內褲只是沾到泥巴，可能是因為溜滑梯，或是跌倒時造成的，但為什麼會扯破呢？）

荳荳想了一下說：

「因為鑽籬笆的時候，先是裙子被勾到，鑽出來的時候，屁股先出來，而且我一直說：『打擾了』或是『再見』，結果內褲一下子就被勾破了。」

媽媽雖然聽不太懂，但覺得很好笑。

「這樣很好玩嗎？」

聽到媽媽的發問，荳荳一臉驚訝的看著媽媽說：

「媽媽，妳也可以試試啊，真的超好玩，而且，媽媽去玩的話，媽媽的內褲也一定會破掉。」

荳荳的刺激好玩遊戲是這樣的。

當她看到圍著鐵絲網的空地籬笆後，就會從角落把有刺的鐵絲向上推，挖一個洞，然後鑽進去，先說一聲：「打擾了」，然後再從內側把旁邊的有刺鐵絲向上推，再挖一個洞，然後說聲：「再見了」，先把屁股擠出來。媽媽終於知道，原來是當她屁股擠出來時，裙子翻了起來，所以內褲就被鐵絲勾到了。因為荳荳不停的挖洞鑽進鑽出，不停的玩「打擾了」、「再見」，所以裙子和內褲全都勾破了。如果從上面看，荳荳從圍籬的這一端鑽進鑽出，玩到另一端，褲子怎麼可能不破呢？

（如果是大人，會覺得累死了，根本不知道有什麼好玩，對小孩子來說，就覺得樂趣無窮，真是太羨慕了……）媽媽看著頭髮上，指甲內和耳朵裡都沾到泥巴的荳荳這麼想道，也很佩服校長先生要求家長給孩子穿「弄髒了也沒關係的舊衣服」的提議，那是真正了解小孩的大人才能想到的主意。

高橋同學

今天大家在校園裡跑來跑去時，校長先生說：

「各位，有新朋友來了，他是高橋同學，是一年級電車的旅伴，大家要好好照顧他。」

荳荳和其他同學看著高橋。高橋脫下帽子，向大家鞠了一躬，小聲的說：

「大家好。」

荳荳和其他同學也都是一年級，所以個子並不高，但高橋明明是男生，個子卻比他們更矮，手和腳也更短，拿著帽子的手也很小，肩膀卻很結實。高橋侷促不安的站在那裡。荳荳對美代和朔子說：「我們去找他說話。」然後就走了過去。

高橋看到她們走過來，露出親切的笑容，所以，荳荳和其他人也立刻露出了笑容。高橋骨碌碌的轉動著眼睛，好像有什麼話要說。

「你要不要去看電車教室？」

荳荳很有學姊架式的問道，高橋把帽子戴在頭上，回答說：

「好。」

荳荳很想趕快帶高橋參觀，所以飛快的衝進電車，在門口叫著：

「你趕快進來。」

高橋的兩隻腳不停的跑著，但是他離電車還有很長一段距離。他一邊跑，一邊說：

「對不起，我馬上來……」

荳荳發現高橋雖然不像得過小兒麻痺的泰明一樣，走路時會一瘸一拐，但是他走了很久，都還沒有走過來。荳荳沒有再催促，而是靜靜的看著他。

高橋拚命跑過來，荳荳知道，即使自己不催促他：「快一點！」高橋也已經很著急了。高橋的腿很短，像螃蟹腳一樣彎曲著。老師和大人都知道高橋已經無法再長高。

高橋發現荳荳看著他，用力甩著雙手，更著急的跑了過來，跑到門口時對荳荳說：「妳跑得真快。」然後又說：「我是從大阪來的。」

「大阪？」荳荳很大聲的反問。

因為對荳荳來說，大阪就像是夢幻中的城市，她從來沒有看到過。媽媽的弟弟，目前還是大學生的舅舅每次來荳荳家裡，就會用雙手夾住荳荳的兩個耳朵，然後把荳荳高高抱起來說：

「我要讓妳看看大阪，妳可以看到大阪嗎？」

那是大人和小孩子玩的遊戲，但荳荳信以為真，雖然臉上的皮膚全都被舅舅的手推了上去，眼睛也變成了鳳眼，耳朵也有點痛，但仍然拚命的向遠處張望，結果還是看不到大阪。她以為總有一天可以看到，所以每次舅舅來家裡，她都會央求說：「讓我看大阪，讓我看大阪。」所以，對荳荳來說，大阪是她至今仍然沒有看過的夢幻城市。沒想到高橋竟然來自大阪！

「你趕快告訴我大阪的事。」

荳荳說道，高橋開心笑了起來。

「大阪的事喔……」

高橋的口齒清晰，聲音好像大人一樣。這時，上課鈴聲響了。

「太可惜了！」荳荳說。

高橋搖晃著幾乎快被書包遮住的矮小身體，很有精神的走到最前排坐下來。荳荳急忙在他旁邊的座位坐了下來。

這種時候，荳荳很慶幸這所學校的自由座位制度。因為荳荳很捨不得和高橋分開，高橋就這樣變成她的好朋友。

不可以跳進去！

放學回家的路上，荳荳在家附近的馬路旁發現了好東西。那是堆得高高的砂堆（不是海邊，竟然也有砂子！怎麼會有這麼好的事？簡直就像在做夢！）荳荳樂壞了，在原地用力跳了一下，然後全速朝砂堆衝過去，跳上砂堆。但她搞錯了，那並不是砂堆，而是一攤已經攪拌好的灰鼠色泥漿。

只聽到「噗通！」一聲，她的書包和鞋袋也一起埋了進去，荳荳被泥漿淹到胸口，好像變成一座銅像。即使她掙扎著想要離開，但腳下卻不停打滑，鞋子快掉了，彷彿一不小心，整個人都會被埋進去。

荳荳只好左手拎著鞋袋，直挺挺的站在泥漿中。雖然不時有陌生的阿姨經過，她小聲的叫著：「那個……」但大家都以為她在玩，都對她笑了笑走開了。

傍晚的時候，天色漸漸暗了，媽媽出來找她時，看到荳荳的腦袋從砂堆裡露出來，不由得嚇了一跳，趕緊去找一個木棒，把其中一端交給荳荳，用力把她從砂堆裡拉了出來。因為如果直接用手拉，媽媽的腳也會跟著踩進泥漿裡。媽媽對著全身都像是一道灰色牆壁般的荳荳說：

「上次不是跟妳說過，發現有趣的東西時，不可以馬上跳進去，要走到旁邊看清楚之後再玩嗎？」

媽媽說的上次，是在學校午休的時候，荳荳一個人走在禮堂後方的小路上，看到路中央鋪著報紙，覺得太好玩了，就「哇！」的叫了一聲，像平時一樣，向後退了幾步，然後在原地用力一跳，全速朝向報紙衝了過去。結果，那是她之前掉了錢包的糞坑水肥抽取口，工友叔叔清理到一半時暫時離開，為了不讓臭味四散，所以把報紙鋪在移開水泥蓋的洞口。荳荳就這樣「噗通！」一聲，掉進了糞坑。雖然之後忙壞了，但當她很幸運的洗乾淨時，媽媽才會對她說了這句話。

「我以後不跳了。」

荳荳站直好像牆壁一樣向媽媽保證，媽媽終於放心了。但是，聽到荳荳接下來說的話以後，媽媽覺得自己高興得太早。因為荳荳又接著說：

「我以後再也不跳報紙和砂堆了。」

……媽媽清楚的知道，荳荳這句話的意思是，她還會跳到其他東西上。

天色暗得愈來愈早了。

「然後啊——」

巴氏學園的便當時間總是令人期待，最近又有了新的趣事。

每天吃便當時，校長先生都會檢查全校五十名學生便當裡的「山珍」和「海味」。如果有人的便當裡少了山珍或海味的其中一項，校長太太就會從拎在手上的兩個分別裝了山珍和海味的鍋子裡為學生加菜，然後大家一起唱「要細嚼慢嚥，所有的食物啊」，唱完之後，大家才開始「開動了」。

現在除了以上的節目以外，還要在「開動了」之後，「請某某同學說故事」。

上次校長先生說：

「我認為大家應該多練習表達能力，每天中午的便當時間，其他人在吃便當的時候，輪流請一位同學站在中間說故事給大家聽，你們覺得怎麼樣？」

每個同學都有不同的想法，有人覺得雖然自己的表達能力不強，但聽別人說故事很有趣，也有人覺得自己最喜歡說故事給別人聽，荳荳覺得，雖然還不知道要說什麼故事，但很想試試看。

於是，幾乎所有人都贊成校長先生的意見，校長先生決定從第二天開始就增加「說故事」節目。

日本的家庭吃飯時，大人都會要求小孩子「不要說話，乖乖吃飯」，但校長先生根據自己在國外生活的經驗，總是對學生說：

「吃飯時一定要心情愉快，所以，不要急著趕快吃完，而是要多花一點時間。吃便當的時候，大家可以邊聊天邊吃。」

而且，校長先生認為，以後的孩子必須具備在眾人面前明確、自由、不怯場的表達自己想法的能力，所以才會提出這個建議。聽到大家都表示贊成，校長先生又對大家說：

「你們聽好了，不必擔心自己說得不好，而且說的內容也沒有限制，說什麼都可以，也可以說自己想做的事。總之，大家試試看。」

說故事的順序也很快決定了，而且還決定當天輪到說故事的人，等大家一起唱完「要細嚼慢嚥」後，可以一個人很快先把便當吃完。

但是，這和下課時間和三、五個同學聊天時不一樣，站在全校五十名學生中間說話需要勇氣，而且也不是一件容易的事。起初有些學生因為害臊，站在那裡「嘻嘻嘻嘻」笑個不停，也有的學生認真做好了準備，但站在大家面前時，光是故事的名字「青蛙橫著跳」，就連續說了好幾次，最後只說了一句「後來下雨了……我說完了」，就向大家鞠躬，回到自己的座位。

雖然還沒有輪到荳荳，但她已經決定，輪到自己的時候，就要說自己最喜歡的「公主和王子」的故事。荳荳的「公主和王子」的故事很有名，平時下課說給同學聽時，就算大家都說「早就聽膩了」，她還是決定要說這個故事。

漸漸的，大家都習慣了每天有人輪流上去說故事，有一天，輪到一位同學，但他堅持「我不要」。那個男生說：「我沒有話要說！」

荳荳太驚訝了，竟然有人「沒有話要說」！但是，那個男生堅持說「沒有！」於是校長先生走到那個男生放空便當盒的桌子前說：

「你沒有話要說喔……」

「什麼都沒有！」

那個男生說。他並不是在忸怩，或是在抗拒，而是看起來真的沒話要說。校長先生不顧自己沒有門牙，「哈哈哈哈」的大笑起來，然後對他說：

「那就編故事啊。」

「編故事？」

那個男生驚訝的問。

校長先生請那個男生站在中間，自己坐在他的座位上說：

「你回想一下從今天早上起床後，到來學校為止的事！你起床後做的第一件事是什麼？」

那個男生抓著頭，說了聲：「呃，那個……」

校長先生說：

「你看，你剛才不是說了『呃，那個』嗎？你顯然有話可以說啊，『呃，那個』之後呢？」

那個男生再度用力抓著頭說：

「呃，那個，早晨起床後，」

荳荳和其他人都覺得有點好笑，但都注視著他。那個男生又說：

「然後啊——」

說到這裡，他又開始抓頭。校長先生始終面帶微笑，握著放在桌上的雙手看著那個男生說：

「這樣很好啊。大家都知道你起床了，並不是會說笑話，說有趣的事逗大家發笑才了不起。你剛才說『沒話要說』，所以找到要說的話最重要。」

這時，那個男生用很宏亮的聲音說：

「然後啊——」

大家都探出身體，那個男生用力吸了一口氣說：

「然後啊，我媽媽啊，她叫我去刷牙，我就去刷牙了。」

校長先生拍著手，大家也一起拍手。那個男生用比剛才更宏亮的聲音說：

「然後啊——」

大家不再拍手，伸長了耳朵，更用力探出身體。那個男生一臉得意的說：

ちひろ

「然後啊，我就來上學了。」

有幾個高年級學生探出身體時可能太用力了，頭撞到了便當盒，但大家都很開心。

（原來他也有話可以說！）

校長先生用力鼓掌，荳荳和其他學生也用力為他鼓掌，站在中央的「然後啊」男生也和大家一起拍手。禮堂被掌聲淹沒了。

那個男生長大之後，一定也無法忘記當時的掌聲。

只是鬧著玩而已

今天，荳荳發生了一件大事。那是在她放學回到家，在吃晚餐前玩的時候發生的。其實起初只是鬧著玩而已，荳荳和洛基在房間裡玩「狼咬人遊戲」，結果意外就發生了。

「狼咬人遊戲」很簡單，就是分別從房間的兩個角落滾到中間，撞到之後，玩一下摔角遊戲，然後很快就分開了。玩了一會兒，他們決定「試試其他花樣」……其實是荳荳一個人決定的……她決定當滾到房間中間撞到的時候，「誰看起來更像狼，誰就贏了！」

對牧羊犬來說，扮狼並不是困難的事。只要豎起耳朵，張開嘴巴，就可以露出滿口的牙齒，眼神看起來也很可怕。但是荳荳要扮狼就不是一件容易的事，必須把雙手放在頭上假裝是耳朵，嘴巴也要張大，還要睜大眼睛，發出「嗚～嗚～」的叫聲，撲向洛基，假裝要咬牠。

洛基起初很巧妙的模仿，但模仿了一陣子，年紀還小的洛基漸漸分不清是在鬧著玩還是真的，結果真的咬了荳荳一口。

雖然洛基算是幼犬，但身體差不多是荳荳的一倍，而且牙齒也很利，當荳荳感到不對勁時，她的耳朵已經被咬下一大半，血流如注。

「啊！啊！」

當媽媽聽到叫聲從廚房飛奔過來時，荳荳雙手按著右耳，洛基則躲在房間角落。荳荳的衣服上和周圍都是血，正在客廳練小提琴的爸爸也衝了過來。洛基似乎終於知道自己闖禍了，垂著尾巴，膽怯的抬眼看著荳荳。

這時，荳荳滿腦子只想到一件事。

（如果爸爸、媽媽很生氣，說要把洛基丟掉，或是送給別人的話怎麼辦？）

對荳荳來說，這才是最難過、最可怕的事。所以，荳荳緊緊靠著洛基，蹲在那裡，按著右耳，大聲的一次又一次說：

「不要罵洛基！不要罵洛基！」

爸爸和媽媽最關心的是荳荳的耳朵怎麼樣了，所以想要移開荳荳的手，但荳荳不鬆手，繼續大喊著：

「一點都不痛！你們不要生洛基的氣！不要生牠的氣！」

當時，荳荳真的完全不覺得痛，她只擔心洛基。

荳荳說話的時候，血仍然不停的流。爸爸和媽媽終於察覺到可能是洛基咬了荳荳，他們向荳荳保證：「不會生洛基的氣。」荳荳這才終於鬆開了手，媽媽看到耳朵垂了下來，立刻驚叫起來。爸爸立刻抱著荳荳，在媽媽的帶領下，去了耳科診所。幸好因為及時就醫，再加上運氣很好，醫生說，耳朵可以縫回去，爸爸和媽媽這才終於放了心，但荳荳卻擔心爸爸、媽媽會不會遵守「不生氣」的約定。

荳荳的下巴、耳朵和整個頭都包滿了繃帶，像一隻白兔般回到家。雖然爸爸說好不生氣，還是覺得要好好教訓洛基一下，但媽媽用眼神向爸爸示意「剛才已經和荳荳說好了」，所以爸爸只能忍耐。

荳荳急急忙忙走進家門，想要趕快告訴洛基「沒事了！不會有人罵你！」但是，家裡找不到洛基的影子。這時，荳荳終於放聲大哭起來。她剛才在醫院時也很忍耐，完全沒有流一滴眼淚。因為她以為自己一哭，洛基就會挨罵，但現在終於再也忍不住了。她流著淚，喊著洛基的名字。

「洛基！洛基！你在哪裡？」

叫了好幾次之後，荳荳滿是淚水的臉終於露出了笑容。因為熟悉的棕色後背從沙發後方慢慢出現了……洛基走到荳荳身旁，輕輕舔了舔從繃帶中露出的那隻沒有受傷的耳朵。荳荳抱住洛基的脖子，聞著牠耳朵裡的味道。雖然爸爸和媽媽都說「很臭」，但那是荳荳熟悉的好味道。

洛基和荳荳都累壞了，想要好好睡一覺。

夏天尾聲的月亮，好像在庭院上方看著滿頭繃帶的女孩和絕對不敢再玩「狼咬人遊戲」的狗，發現他們的感情比之前更好了。

運動會

巴氏學園的運動會都固定在「十一月三日」舉行。校長先生四處打聽之後，發現十一月三日是秋季下雨機率最低的日子，所以就決定在那一天舉行，之後每年都固定在這一天。運動會的前一天，校園內就開始做各種準備工作和裝飾，學生也很期待這一天，校長先生當然希望最好不要下雨。不知道是因為校長先生蒐集天氣資料很成功，還是天空中的雲、太陽都感受到他的誠意，所以運動會的日子真的幾乎都不下雨。

巴氏學園在很多方面都和普通的學校不一樣，運動會更是與眾不同。只有拔河、兩人三腳和其他學校一樣，其他都是校長先生自己想出來的比賽項目，而且這些項目都不需要使用任何特殊的道具，或是什麼誇張的材料，只要用學校現成的東西就可以了。

比方說，「鯉魚旗賽跑」就是在起點聽到「預備、砰！」後，跑一小段距離，然後從放在校園中央，或者說是躺在中央的大鯉魚旗的嘴巴鑽進去，再從尾巴鑽出來，然後跑回起點。總共有三條鯉魚旗，兩條藍色，一條紅色，所以三個人同時從起點出發比賽。雖然聽起來容易，但做起來很難。因為鑽進鯉魚旗後，裡面黑漆漆的，而且鯉魚旗很長，在裡面掙扎一陣子之後，漸漸搞不清楚方向。荳荳好幾次都從鯉魚嘴巴探出頭向外張望，然後又慌忙鑽回去。在一旁觀看的學生也覺得很有趣，因為當有人在鯉魚旗裡鑽來鑽去時，好像鯉魚活了起來。

另外一個比賽項目是「找媽媽比賽」。聽到「預備、砰！」的號令後，跑一小段路，鑽過橫放的木梯洞後，從放在另一端籃子裡的信封中，抽出一張紙。如果上面寫著「朔子的媽媽」，就要在觀眾中找出朔子的媽媽，然後牽著朔子媽媽的手，一起跑到終點。因為要鑽過橫放木梯的四方形洞，所以要像貓一樣靈巧的鑽過去，否則屁股就會卡到。

「朔子的媽媽」還很好認，但如果是「奧老師的姊姊」或是「津江老師的媽媽」，還有「國則老師」的兒子，因為根本沒見過，必須走去觀眾席大聲叫：

「奧老師的姊姊！」所以需要發揮一點勇氣。如果有人剛好抽到自己的媽媽，就興奮的跳起來大叫：「媽媽！媽媽！快來！」

參加這項比賽時，學生要很投入，觀眾也要很投入。因為學生會不斷跑過來，叫著「誰誰誰的媽媽」，被叫到的媽媽不能心不在焉，必須立刻從坐著的長椅或草蓆上站起來，說著「借過一下」，快速從其他爸爸、媽媽之間跑出來，然後和找自己的學生牽著手奔跑。那些爸爸看到學生跑過來，在大人面前停下腳步時，都會屏住呼吸看著學生，仔細聽到底會叫到誰的名字。因此，大人也無暇閒聊或是吃東西，好像和孩子一起參加運動會。

拔河時，校長先生和所有老師分成兩隊，和學生一起叫著「嘿噢、嘿噢！」拔河。

像泰明和其他身體不方便，不能參加拔河的同學，就負責觀察綁在繩子上的手帕的位置，判斷「哪一隊贏了！」

最後的全校接力賽也很有巴氏學園的特色。雖然是接力賽，但並不需要跑很長的距離，而是在位於學校中央，也就是朝向大門，通往禮堂的扇形水泥階梯上跑上、跑下而已，在其他地方絕對看不到這種接力賽。只不過看起來很簡單，但這些水泥階梯每一級的高度比普通的階梯低，傾斜度也不大，而且在接力賽時，不可以同時跨好幾級階梯，所以腿長或高個子的學生跑起來反而很吃力。對學生來說，每天吃便當時走的八級水泥階梯變成了「運動會場地」時，立刻感覺不一樣了，既有趣，又新鮮，每個人都尖叫著跑上、跑下。從遠處看時，感覺好像萬花筒。

荳荳他們這些一年級學生的第一次運動會，如同校長的期待，在晴空萬里的日子拉開了序幕。運動場上到處都是大家從前一天用色紙摺的很多繩鍊和金色星星，簡直就像在舉辦廟會，而且錄音機播放的也是令人精神振奮的進行曲。

荳荳今天穿著白襯衫和深藍色短褲，其實她原本想穿打了很多褶的燈籠褲。荳荳很喜歡燈籠褲，因為之前放學後，看到校長先生正在為幼稚園老師進行韻律訓練時，幾個女老師都穿了燈籠褲，吸引了她的目光。穿著燈籠褲的姊姊把腳用力一跺時，燈籠褲下的大腿都會跟著抖動，荳荳覺得很有大人的味道，所以忍不住羨慕起來。

所以，荳荳一路跑回家，拿出自己的短褲，也用力把腳一跺。但一年級小女生的腿太瘦，根本抖動不起來，她練了好幾次，最後覺得「只要穿像那幾個姊姊一樣的褲子，就可以像她們一樣抖大腿！」

她向媽媽說明了那些姊姊穿的褲子，知道那叫「燈籠褲」。荳荳拜託媽媽，運動會時一定要穿燈籠褲，但因為買不到小尺寸的燈籠褲，所以荳荳今天只能穿短褲，沒有燈籠褲可穿。

運動會開始了，令人驚訝的是，無論哪一項比賽（所有的比賽項目都是全校學生都參加），都是全校手最短，腳最短，個子也最小的高橋同學得到冠軍。

這太令人難以置信了，當大家在鯉魚旗裡摸索半天時，高橋三兩下就從鯉魚旗裡鑽了出來；當大家剛把腦袋鑽進梯子時，他已經鑽過梯子，跑了好幾公尺。在爬上大禮堂階梯的接力賽時，大家笨手笨腳的一級一級爬上去時，高橋的短腿好像活塞一樣，一口氣爬上了階梯，然後又像電影快動作一樣，一口氣衝了下來。

雖然最後大家發誓「一定要打敗高橋！」很認真的投入比賽，但高橋還是在每個比賽項目中都得到了冠軍。荳荳也很賣力，卻沒有任何項目能夠贏過高橋。雖然跑的時候比他快，但之後還有各種障礙，所以最後還是輸了。

高橋得意的張大了鼻孔，用全身表達了內心的喜悅和快樂，領取了冠軍的獎品。因為每個項目都是他得到冠軍，所以領了一次又一次獎品，大家都羨慕的看著他。

「明年一定要戰勝高橋！」

大家都在心裡發誓。（但之後每一年舉辦運動會，高橋依然都是明星……）

運動會的獎品也很有校長先生的特色。因為冠軍的獎品是「一根蘿蔔」，亞軍是「兩根牛蒡」，季軍是「一把菠菜」，所以，荳荳在長大之前，一直以為每一所學校的運動會獎品都是蔬菜。

那時候，其他學校的獎品通常都是筆記本、鉛筆或是橡皮擦之類的文具。雖然他們當時不知道其他學校的獎品，但對領到蔬菜的獎品還是有點排斥。荳荳領到了牛蒡和蔥，當她帶著獎品搭電車回家時，覺得很害臊。除了前三名以外，還有各種名目都可以領到蔬菜，所以運動會結束後，巴氏學園的學生都會帶蔬菜回家。

雖然不知道為什麼從學校帶蔬菜回家會感到害臊，但曾經有同學提到，不喜歡被別人說「你們學校好奇怪」，但是如果在家裡的時候幫媽媽跑腿，拎著菜籃去蔬果店買菜時，就完全不覺得難為情。

一個胖男生領到了高麗菜，他研究了半天，不知道要怎麼拿回家，最後乾脆說：「我才不要拿回家，真是太丟臉了，乾脆丟掉算了。」

校長先生可能聽到大家都在抱怨，所以他走到那位拎著胡蘿蔔、蘿蔔的學生面前說：

「你們不喜歡嗎？今天晚上，請你們的媽媽煮給你們吃。這是你們靠自己得到的蔬菜，可以和家人一起分享，不是很棒嗎？一定會特別好吃！」

聽到校長先生這麼說，大家覺得的確很有道理，荳荳也是第一次靠自己的能力得到晚餐的菜餚。於是她對校長先生說：

「我要請媽媽把牛蒡炒給我吃！但我還沒想到要怎麼煮蔥……」

其他人也紛紛對校長先生說了自己想到的菜色，校長先生笑得臉都紅了，開心的對大家說：

「很好！你們終於了解了！」

校長先生也許希望大家用帶回去的蔬菜，和家人一起吃晚餐時，愉快的討論今天運動會的事。尤其希望靠自己得到冠軍獎品，讓餐桌上放滿了菜餚的高橋「記住這份喜悅」，校長先生一定希望他對自己無法繼續長高的肉體產生自卑之前，「不要忘記得到冠軍的自信」。

也許……雖然這純屬猜測，也許校長先生所設計的巴氏學園式的比賽項目，都是為了高橋能夠得到冠軍所設計的……

小林一茶

學生們經常叫校長先生：

「小林一茶！一茶大叔是禿頭！」

因為校長先生的名字叫「小林宗作」，而且經常聊俳句的事。校長先生告訴大家「小林一茶」的俳句最出色，一茶先生的俳句很率真，而且都來自生活，所以他很欣賞一茶先生的俳句。學生就把這兩件事混在一起，叫校長先生「小林一茶」。校長先生當然是大家的朋友，但是大家這麼叫他之後，覺得好像連一茶先生也變成了朋友。

在當時超過數十萬俳句詩人中，一茶先生創造出他人無法模仿的獨特風格，寫出許多帶有赤子之心的俳句。校長先生很尊敬他，也很羨慕他，所以經常和學生分享一茶的俳句，學生也都會背誦這些俳句。

「青蛙乾又瘦　打架千萬不可輸　一茶在這裡。」

「路上小麻雀　趕快閃開要快閃開　馬兒很快要來了。」

「不可打蒼蠅　手忙腳亂乞活命　趕快放過牠。」

有時候，也會配合小林校長即興作曲的旋律，大家一起唱：

「孤單小麻雀　我也一樣沒爹娘　我們一起玩。」

雖然學校並沒有俳句的課程，但校長先生經常教大家寫俳句。荳荳也第一次寫了俳句。

「遊手好閒人　不再去當阿兵哥　跑去大陸逍遙了。」

……校長先生說，只要把自己的想法寫出來就好，不過荳荳寫出來的並不是俳句。但是……至少可以從中清楚了解當時的荳荳所關心的事。仔細算一下字數，發現不符合五、七、五的規則，變成了五、七、七，但一茶叔叔那句：「路上小麻雀　趕快閃開要快閃開　馬兒很快要來了」也是五、八、七，所以荳荳覺得沒關係。

去九品佛散步時，剛好遇到下雨，大家不能在外面玩，聚集在禮堂時，巴氏學園的小林一茶就會和學生談論俳句，同時藉由俳句，告訴他們人生的道理和大自然的規律。一茶的俳句也很符合巴氏學園的風格。

冰雪已融化　村內村外隨處見　孩子的身影。（一茶）

太不可思議了！

荳荳昨天在放學回家的電車上，第一次撿到錢。她在自由之丘搭上大井町線，在電車到達綠之丘車站前，是一個很大的彎道，電車經過時總是用力傾斜，發出嘰嘰嘰的聲音。荳荳昨天也雙腳用力站穩做好準備，以免重心不穩。荳荳每次都固定站在電車的最後面，行進方向右側的門前。因為到了她要下車的那一站，右側的車門打開，她就可以立刻下車，而且這個車門最靠近車站的樓梯。

昨天電車快要嘰嘰嘰時候，荳荳發現腳邊好像有錢掉落。但是，之前她也曾經以為撿到錢，結果撿起來一看，竟然是鈕扣，所以決定仔細看分明後，再判斷是不是錢。

在嘰嘰嘰結束，電車筆直向前行駛後，她低頭仔細看，發現那的的確確是一個五錢的硬幣。應該是有人掉了錢，在剛才電車傾斜時滾了過來，當時只有荳荳一個人站在那裡。

（怎麼辦？……）

這時，她想起曾經聽別人說過，「撿到錢要馬上交去派出所」。

（電車上怎麼會有派出所？）

這時，電車最後方車掌室的門打開了，車掌先生走進荳荳所在的那個車廂。荳荳完全不知道當時自己在想什麼，總之，她竟然立刻伸出右腳，踩在五錢硬幣上。認識荳荳的車掌看到她後笑了笑，荳荳因為只在意右腳下的硬幣，無法發自內心的笑，只能勉強擠出笑容。這時，電車抵達了荳荳家前一站的大岡山站，另一側車門打開了，不知道為什麼，竟然有很多人上車，把荳荳推開。因為荳荳的右腳不能動，所以拚命抵擋人潮，一邊抵擋，一邊思考著。

（下車時，我要帶著這個硬幣，然後送去派出所！）

但是，她又想到了另一個問題。

（我從地上把錢撿起來時，如果有大人看到，可能會覺得我是小偷！）

當時的五錢可以買一小盒牛奶糖，或是一塊巧克力。雖然在大人眼中只是小錢，對荳荳來說卻是大錢，所以她很擔心。

（對了！我可以先小聲說：「啊！我的錢掉了，要趕快撿起來」，然後再蹲下來撿，大家就以為是我的錢！）

但是，她很快浮現另一個擔心。

（如果我這麼說，大家都看著我，可能有人會說「那是我的錢」，到時候我會很害怕……）

她苦思了半天，快要下車時，終於想到可以蹲下來假裝綁鞋帶，然後悄悄把錢撿起來，而且也順利成功了。

當她滿身大汗，握著五錢硬幣來到月台上時，覺得快累壞了，然後想到如果要去離車站很遠的派出所，耽誤到回家時間，媽媽會擔心。她沿著車站的階梯走下去時，認真思考了這個問題，最後終於決定該怎麼做。

（今天就先藏在沒有人知道的地方，明天上學時帶去學校，問大家的意見。大家都從來沒有撿到過錢，我要把錢帶給大家看，告訴他們：「這就是我撿到的錢！」）

荳荳開始思考藏錢的地方。如果帶回家，媽媽可能會問：「哪裡來的錢？」

所以不能藏在家裡。

於是，她鑽進車站旁的樹叢。那裡不會有人看到，應該也不會有人走進來，看起來很安全。荳荳用木棍挖了一個小洞，把寶貴的五錢硬幣放進去，又蓋上很多泥土。然後，她又去找了一塊形狀奇特的石頭放在上面作為記號。完成之後，荳荳衝出樹叢，急急忙忙跑回家了。

平時在媽媽對她說：「要上床睡覺了！」之前，她都會不停的說學校的事，但那天晚上她幾乎沒有說什麼，早早上床睡覺了。

今天早晨！（今天好像有什麼重要的事！）她隱約想著這件事醒來，立刻想到是祕密寶藏的事，頓時感到開心不已。

荳荳比平時更早出門，和洛基一路跑去樹叢。

「在這裡！在這裡！」

昨天荳荳留在那裡做記號的石頭還在。荳荳對洛基說：

「我給你看一樣好東西。」

說完，她挪開石頭，輕輕挖了一個洞，但天底下怎麼會有這麼不可思議的

事？那個五錢硬幣竟然消失不見了。荳荳從來沒有這麼驚訝過，忍不住猜想，是不是昨天藏錢的時候被別人看到了？或是石頭的位置移動了？她又四處挖了挖，到處都找不到那五錢硬幣。荳荳雖然為無法把硬幣帶給巴氏學園的同學看感到很遺憾，但她更覺得整件事「太不可思議了！」

之後她每次經過，就會去樹叢裡挖土尋找，卻再也沒見過那個撿到的五錢硬幣。

（難道被地鼠偷走了嗎？）

（難道那是昨天做的一場夢嗎？）

（是不是神明看到了？）

荳荳忍不住思考這個問題，無論她怎麼想，都覺得太不可思議，而且過了很久很久，她仍然無法忘記這件不可思議的事。

手語

今天下午，荳荳在自由之丘車站的剪票口附近，看到兩個比她年紀稍微大一點的男生，和一個女生比著手勢在說話，看起來好像在猜拳，但仔細觀察後，就發現他們的手勢比剪刀、石頭、布更豐富。荳荳覺得很好玩，走過去仔細看。三個人雖然在交談，但沒有任何聲音，其中一個人不停的做著各種手勢，另外的人看了之後，又立刻做出其他不同的手勢，第三個人稍微比了幾個手勢，好像聊到什麼有趣的事，突然發出一點聲音大笑起來。荳荳觀察了一陣子，知道他們是在用手說話。

（真希望我也可以用手說話。）

荳荳不禁羨慕不已，她很想加入他們，卻不知道怎麼用手語表示「我也想加入你們」，而且他們並不是巴氏學園的學生，擅自上前說話似乎很冒失，所以，當他們三個人走去東橫線的月台之前，荳荳都不發一語的看著他們，暗自發誓，「總有一天，我也要學會用手勢和他們聊天！」

荳荳那時候還不知道，世界上有失聰的人，也不知道那幾個人是位在大井町線終點的大井町府立聾啞學校的學生。

荳荳覺得那幾個雙眼發亮的看著對方手指動作的學生很美，很希望有一天，可以和他們當朋友。

泉岳寺

巴氏學園的小林校長所採取的教學方法很獨特，八成是受到歐洲和其他國家的影響。比方說，韻律訓練等節奏教育，以及吃飯和散步的禮儀，吃便當時唱的〈細嚼慢嚥啊，所有的食物〉那首歌也是根據英國歌曲〈Row, row, row your boat〉改編的，除此之外，還有很多很多。

但是，身為小林校長得力助手，相當於普通學校教務主任的丸山老師，在某件事上的態度和小林校長完全不同。丸山老師名字裡有一個「丸」字，人如其名，腦袋也是圓圓的，而且頭頂上光溜溜的，沒有一根頭髮，但仔細觀察後，就會發現耳朵旁邊到腦後有不少白得發亮的短髮。另外，他戴了一副圓框眼鏡，總是紅光滿面，外表就和小林校長完全不同，有時候會吟詩句「弁慶速速夜渡河」，這點更是和小林校長大不相同。

其實那句詩原本是「鞭聲肅肅夜渡河」，但荳荳和其他學生一直以為是弁慶在晚上很快渡河的意思，巴氏學園的學生幾乎都記得丸山老師的這首「弁慶速速」。

十二月十四日那天早上，學生都來到學校後，丸山老師說：

「今天是赤穗浪士四十七義士復仇的日子，我們要走去泉岳寺祭拜他們，學校已經事先通知各位家長了。」

小林校長從來不反對丸山老師想要做的事，雖然不知道小林校長的想法，但既然沒有反對，代表他認為「並不壞」，而荳荳的媽媽覺得，巴氏學園的學生去為赤穗浪士四十七義士掃墓這件事似乎很有趣。

出發之前，丸山老師向大家說明了四十七位義士的故事，尤其一再強調四十七位義士中，負責張羅武器的天野屋利兵衛被幕府的官吏抓到之後，無論再怎麼拷問，他都只回答：「天野屋利兵衛是堂堂男子漢！」堅持不透露復仇祕密這一段。學生們雖然不太清楚這四十七位義士的事蹟，但聽到不用上課，而且要帶著便當去比九品佛寺院更遠的地方散步，個個都興高采烈。

全校五十名學生向校長先生和其他老師說了聲：「我們出發了！」在丸山老師的帶領下出發上路，走了一會兒，隊伍中到處聽到「天野屋利兵衛是堂堂男子漢！」的聲音，就連女生也大聲喊著「……堂堂男子漢！」路上的行人都笑著頻頻回頭看我們。

從自由之丘到泉岳寺大約三里（約十二公里），路上幾乎沒有車子。在十二月的東京，孩子們一路喊著「天野屋利兵衛是堂堂男子漢！」走在蔚藍的天空下，一點都不覺得累。

來到泉岳寺，丸山老師把線香、水和花交給學生。這裡雖然比九品佛的寺院小，但有很多墳墓。

想到是來這裡祭拜「四十七義士」，荳荳和其他學生都嚴肅的拿著線香和花，默默的模仿丸山老師鞠躬。所有的學生都陷入一片寂靜，巴氏學園的學生難得這麼安靜，每個墓前的線香都飄出裊裊細煙，在天空中畫出各種圖案。

那天之後，荳荳就覺得線香的味道就是丸山老師的味道，也是「弁慶速速」的味道，更是「天野屋利兵衛」的味道，當然也是「安靜」的味道。

雖然學生搞不懂弁慶，也不太了解四十七義士，但看到丸山老師興致勃勃的和學生分享，不由得對他產生了一種和對小林校長不同的尊敬和親切感，荳荳也愛上了丸山老師深度近視厚鏡片後方的小眼睛，和高大身軀很不相襯的溫柔聲音。

新年的腳步近了。

真佐雄

荳荳從家裡走去車站，或是從車站走回家時，都會路過朝鮮人住的大雜院。荳荳當然不知道那些人是朝鮮人，只知道其中有一個阿姨頭髮中分，盤成髮髻。身材有點胖，穿了一雙頭尖尖的，好像一艘小船般的白色橡膠鞋，裙子很長，胸前有一個很大的蝴蝶結，經常大聲叫著：「真佐雄！」四處找自己的孩子。荳荳每次經過時，都會聽到這個阿姨叫著「真佐雄」的名字，通常在叫「真佐雄」這個名字時，會把重音放在「佐」和「雄」這兩個字上，這個阿姨卻把重音放在「佐」字上，只有「佐」這個字叫得特別大聲，而且「雄」的尾音又突然拉高，荳荳每次都覺得她叫得很淒涼。

那棟大雜院正好面向荳荳搭乘的大井町線的鐵路，那裡地勢稍高，有點像峭壁。

荳荳認識真佐雄，他比荳荳稍微大一點，看起來像是二年級，雖然不知道他讀哪一所學校，但他總是頂著一頭蓬髮，帶著狗散步。

有一次，荳荳在放學回家時，經過那片峭壁下方。真佐雄張腿站在那裡，雙手扠腰，一副很神氣的樣子，突然對著荳荳大聲叫著：

「朝鮮人！」

他的聲音很尖，充滿恨意，荳荳感到很害怕。自己從來沒有和他說過話，更沒有做過任何對不起他的事，這個男孩竟然站在高處，用充滿恨意的聲音對自己說這種話，也令荳荳感到驚訝。

回家之後，她向媽媽說了這件事。

「真佐雄罵我朝鮮人！」

媽媽聽了，立刻用手捂著嘴巴，漸漸被淚水溼了眼眶。荳荳很驚訝，以為自己做錯了什麼事。媽媽紅著鼻子，連眼淚也沒擦，對荳荳說：

「真可憐……一定是大家都說真佐雄是『朝鮮人！朝鮮人！』所以，他以為『朝鮮人！』是罵人的話。真佐雄年紀還小，所以還搞不懂，大家在罵人的時候，不是經常說『笨蛋』嗎？真佐雄一定很想罵人，就想要對妳說別人經常說他的那句『朝鮮人！』為什麼大家要這麼說他……」

媽媽擦了擦眼淚，緩緩的對荳荳說：

「荳荳，妳是日本人，真佐雄是來自名叫朝鮮的國家，但是，妳和真佐雄都是小孩子，所以絕對不要用『那個人是日本人』，『那個人是朝鮮人』這種方式來區分。妳要對真佐雄好一點，只因為他是朝鮮人，就被人家罵，不是很可憐嗎？」

荳荳雖然聽不太懂這些事，但知道真佐雄不是沒有理由就罵人，而且也知道難怪他媽媽整天很擔心的在找他。所以，第二天早上，當她走過峭壁下方時，聽到真佐雄的媽媽大聲叫：「真佐雄」時，忍不住想，不知道真佐雄去了哪裡，接著又想道，雖然我不是朝鮮人，但如果真佐雄下次再對我這麼說，我要對他說：『我們都是小孩子！』然後和他當朋友。

真佐雄媽媽的聲音充滿焦慮和不安，帶著特殊的語調拖著尾音，有時候會被經過的電車聲淹沒，但是，只要聽過真佐雄媽媽叫的「真佐雄」，就永遠不會忘記那好像帶著哭腔的寂寞聲音。

辮子

最近的荳荳嚮往兩件事，一是之前開運動會時想穿的燈籠褲，另一件事就是麻花辮。她在電車上看到大姊姊的辮子頭，立刻暗自下定決心，「我也要留那種頭髮！」

所以，雖然其他同學都剪妹妹頭，只有荳荳把頭髮旁分，抓了一小綹頭髮綁上蝴蝶結，把頭髮留長。媽媽也喜歡這種髮型，最重要的是，荳荳希望自己以後可以綁辮子。今天，媽媽終於為荳荳綁了麻花辮。用橡皮筋固定髮尾，再繫上細緞帶，看起來就像是高年級學生，荳荳不由得高興起來。她在鏡子前看著自己的辮子到底有多美，發現和大姊姊相比，自己的頭髮還太短、太少，看起來像小豬的尾巴。她跑去愛犬洛基身旁，小心翼翼的抓起辮子給牠看。洛基眨了兩、三次眼睛，荳荳對牠說：

「如果你的毛也可以綁辮子就好了。」

荳荳擔心辮子會散開，所以搭電車的時候頭都不敢亂動。雖然有點期待電車上有人對她說：「妳的辮子真漂亮。」可惜沿途沒有任何人稱讚她。但是，當她到學校時，同班的美代、朔子和青木惠子都異口同聲的說：

「哇！妳綁辮子了！」

荳荳聽了很得意，所以就讓每個人稍微摸了一下她的辮子，但沒有一個男生對她驚叫：「哇！」

吃完便當時，同班同學大榮突然大叫：

「咦？荳荳的頭髮和平時不一樣！」

男生也終於發現了。荳荳很高興，得意的說：

「對啊，我綁辮子了。」

大榮同學走到荳荳身旁，突然伸出雙手抓住她的辮子，歡快的說：

「今天我很累，剛好可以讓我拉著，比電車的拉環輕鬆多了！」

荳荳的悲劇並沒有結束。因為大榮是班上最高、最胖的學生，身體差不多是瘦小的荳荳的兩倍大。他一邊說著「輕鬆多了！」一邊把辮子向後拉，荳荳重心不穩，一屁股跌坐在地上。麻花辮被大榮說成是「拉環」已經很受傷，還跌坐在地上。當大榮想要把她拉起來，又拉著她的辮子說著「嘿噢、嘿噢」，好像在運動會上拔河時，荳荳終於放聲大哭起來。

荳荳覺得辮子是「淑女」的象徵，以為大家看到她綁辮子，都會尊敬的對她說：「見到您實在是太榮幸了……」

荳荳「哇！」的放聲大哭，哭著跑去校長室。

她一邊哭，一邊敲著校長室的門。校長先生打開門，像往常一樣蹲了下來，看著荳荳的眼睛問：

「怎麼了？」

荳荳摸摸看自己的辮子有沒有鬆開，對校長先生說：

「大榮同學拉著我的辮子說，嘿噢嘿噢。」

校長先生看著荳荳。雖然荳荳哭了，但又細又短的辮子很有精神，好像在跳舞。校長先生坐在椅子上，讓荳荳坐在他前面的椅子上，像往常一樣，毫不在意自己缺了門牙，笑著對她說：

「不要哭，妳的頭髮很漂亮。」

荳荳抬起滿是淚水的臉，有點難為情的問：

「校長先生，你喜歡嗎？」

校長先生說：

「不錯啊。」

聽到校長先生這麼說，荳荳立刻不哭了。她從椅子上跳了下來說：

「即使大榮同學再說嘿噢嘿噢，我也不會再哭了。」

校長先生對她點頭笑了起來，荳荳也笑了。笑容更適合她的辮子頭。

荳荳向校長鞠了一躬，跑去操場和大家一起玩。

當荳荳幾乎已經忘了自己哭過這件事時，大榮抓著頭，有點拖拖拉拉的走到荳荳面前，大聲的說：

「對不起！剛才我不應該拉妳的頭髮。校長罵了我，他說對待女生要親切。校長說，要尊重女生，對女生溫柔。」

荳荳很驚訝，她以前從來沒有聽過「對待女生要親切」這句話，因為男生總是比較受到重視。荳荳知道，在有很多孩子的家庭，無論吃飯或是吃點心，都是男生先吃，如果女生抗議，媽媽就會說：「女孩子閉上嘴巴。」

但是，校長先生竟然對大榮說：「要尊重女生」，荳荳感到很不可思議，同時也感到高興。因為不管是誰，受到尊重當然會感到高興。

大榮那天也受到很大的震撼。「對女生要親切、溫柔！」更成為他難忘的記憶。因為這是大榮在巴氏學園期間，第一次也是最後一次被校長先生責罵。

Thank you

放寒假了。寒假和暑假不同，不需要返校，大家都在家裡和家人一起度過。

右田告訴大家：

「我爺爺在九州，我要去九州過新年！」

喜歡做化學實驗的阿泰興奮的說：

「我和哥哥要去參觀一家物理研究所。」

大家分享著各自的寒假計畫，說著：「開學見、開學見」，相互道別了。

荳荳要和爸爸、媽媽去滑雪。爸爸的朋友，和爸爸在同一個管弦樂團拉大提琴的指揮齋藤秀雄先生，在地賀高原有一棟很高級的房子，所以每年冬天都會去那裡。荳荳讀幼稚園時，就開始去滑雪。

從車站搭馬橇來到志賀高原後，看到一片白雪皚皚的銀色世界，沒有吊車或是其他任何東西，滑雪的地方只有樹樁露出地面。媽媽告訴荳荳，如果不像齋藤先生家那樣，在志賀高原上有房子，來這裡的人住宿的地方只有一家旅館和一家飯店，而且很有趣的是，這裡有很多外國人。

今年和往年最大的不同，就是荳荳現在是一年級的學生，而且她學會一句英語。爸爸今年教她「Thank you.」這句英語。

荳荳穿上滑雪板站在雪地上時，只要有外國人經過，都會對荳荳說些什麼，可能是說她「可愛」之類的，但荳荳聽不懂，所以在去年之前，她都悶不吭氣。今年遇到這種情況時，她就會微微點頭回答說：

「Thank you.」

外國人聽了，笑得更開心了，紛紛不知道對她說什麼，甚至有女人用自己的臉頰貼著荳荳的臉頰，也有叔叔用力抱著荳荳。荳荳覺得一句「Thank you.」就可以一下子拉近彼此的距離，感到很有趣。有一天，一個看起來很親切的年輕男人走到荳荳身旁，用動作示意：「要不要坐在我的滑雪板前面？」

荳荳問了爸爸，爸爸同意了，荳荳就對年輕男人說：「Thank you.」那個人站著讓荳荳蹲在自己的滑雪板前，將兩塊滑雪板並排後，就在志賀高原坡度最小、最長的滑雪道上，像風一樣滑了下去。空氣在荳荳的耳邊發出咻咻的聲音，她雙手抱著膝蓋，努力不讓身體向前衝。雖然有點害怕，但玩得很開心。滑完之後，旁邊的人都為他們鼓掌。荳荳從滑雪板前方站起來後，微微低頭說了聲：

「Thank you.」

大家更用力為她鼓掌。

後來才知道，那個年輕男人是滑雪名人施奈德，總是帶著罕見的銀色滑雪杖。他載著荳荳滑完，在眾人的掌聲後，他彎下腰，握著荳荳的手，對荳荳說了聲：「Thank you.」好像荳荳在他眼中是很重要的人。荳荳立刻喜歡上他。

他並沒有把荳荳視為「小女孩」，而是把她當成淑女對待。當他對著荳荳彎下腰時，荳荳感受到他發自內心的溫柔。他身後的銀色世界一望無際。

圖書室

寒假結束，學生又回到學校上課時，發現在寒假期間，發生了一件美好的事，都忍不住驚呼起來。

在教室用的電車對面……也就是隔著禮堂的花圃旁，之前就停放了一輛電車，沒想到在寒假期間，已經變成了圖書室。向來無所不能，受到大家尊敬的工友阿良在寒假期間很努力工作，所以電車內出現了很多書架，排放著各種書名和各種顏色的書籍，而且電車內還放了桌椅，可以坐在圖書室內看書。

校長先生說：

「這是你們的圖書室，任何人都可以任意看每一本書，不必思考『因為我是幾年級，所以要看哪一本書』。可以隨時來圖書室，有想要借的書，可以帶回去看，但看完之後，要記得還回圖書室。如果家裡有家人已經不看的書，校長也很歡迎大家帶來圖書室。總之，大家要多看書。」

學生紛紛對校長先生說：

「校長，今天第一節課就在圖書室看書吧。」

「是嗎？」

校長先生看到大家都很興奮，開心的笑了笑說：

「好，那就這麼辦。」

於是，巴氏學園的五十名學生都走上電車圖書室，大家吵吵嚷嚷的各自挑選了喜歡的書後，想要坐在椅子上看書，但只有一半的人有座位，其他人只能站著看書，所以真的很像是在擠滿乘客的電車上站著看書，這樣的畫面很有趣，每個人都興奮不已。

荳荳還沒有認識很多字，所以挑選了一本「繪畫很有趣」的書。

當大家都拿著書開始看的時候，稍微安靜了片刻，但這份安靜只持續了短暫的時間，不一會兒，就到處響起朗讀的聲音，有人問別人看不懂的字，也有人想要和別人交換書，圖書室內笑聲不斷。有人正在看一本「邊唱邊畫」的書，所以大聲唱了起來。

圓圈圈，圓圈圈，
豎線條，橫線條，
再畫一個圓圈圈，
圓圓小姐畫好了，
左三毛，右三毛，
上面還有三根毛，
啊呀變成了老闆娘。

有一個人大聲唱著歌，轉眼之間，就畫了一個盤著髮髻的老闆娘。巴氏學園向來教學生，「不可以說什麼『別人的聲音太吵，自己無法讀書』這種話，無論周圍再怎麼吵，都要立刻專注在自己所做的事上！」所以並不在意看書時，有人在一旁唱「圓圈圈」歌，雖然也有人跟著一起唱，但大部分學生都專心看著自己手上的書。

荳荳手上的書有點像民間故事，講一個有錢人家的女兒因為經常放屁，所以嫁不出去，最後終於順利出嫁了，她太開心了，在洞房之夜放了一個比平時更響的屁，原本已經睡著的新郎被她的屁風吹了起來，在房間裡繞了七圈半，就昏了過去。荳荳剛才看到的「有趣的畫」，是新郎在房間裡飛的樣子。（之後，大家都搶著看這本書。）

全校學生擠在圖書室內，在從電車車窗照進來的朝陽下，認真看書的樣子，一定令校長先生感到很欣慰。

那一天，大家一整天都在圖書室內度過。

之後，只要遇到雨天無法在戶外活動時，大家都會聚集在圖書室內看書。

有一天，校長先生說：

「改天要在圖書室旁建一間廁所。」

因為大家為了看書，都忍著不想上廁所，每次都忍到快要尿出來時，才衝去禮堂對面的廁所。

尾巴

下午放學後，荳荳正在整理書包準備回家，大榮跑了過來，小聲對她說：

「校長先生在生氣。」

「在哪裡？」荳荳問。

荳荳以前從來沒見過校長先生生氣，所以很驚訝。大榮之所以急急忙忙跑過來，可能也是因為被嚇到了，他的那雙看起來很溫和的眼睛瞪得老大，不斷喘著氣說：

「在校長先生家的廚房。」

「去看看！」

荳荳拉著大榮的手，跑向校長家的廚房。從禮堂旁可以通往校長家，廚房位在校園後門附近。之前荳荳掉進糞坑時，也是從校長家的廚房走進去，在浴室旁沖洗乾淨；吃便當時，大家的「山珍」和「海味」也都是從這間廚房端出來的。

兩個人躡手躡腳的走到廚房門口，門內傳來校長先生怒氣沖沖的聲音。

「妳為什麼隨口對高橋說『有尾巴』這種話呢？」

擔任荳荳班級班導師的女老師回答說：

「並沒有特別的意思，我看到高橋，覺得他很可愛，所以就隨口說了。」

「妳難道不了解這句話有多深的含義嗎？妳怎樣才能體會，我對待高橋這個學生多麼小心謹慎？」

荳荳想起今天早上上課時，班導師告訴大家：

「人類以前有尾巴。」

因為班導師說得很有趣，大家都聽得津津有味。用大人的語言來說，那是進化論的初步知識，但因為學生之前都很少聽到這些事，所以當老師說：「現在人類的身體上仍然有尾椎骨」時，荳荳和其他同學都相互找著尾椎骨，教室內陷入一片熱鬧。

最後，老師開玩笑說：

「是不是還有人留著尾巴？高橋，你是不是還有尾巴？」
高橋急急忙忙站了起來，一臉嚴肅的搖著小手澄清說：
「我沒有。」
荳荳知道，校長先生就是為當時的事感到生氣。
校長先生的聲音漸漸從生氣變成了難過。
「妳有沒有想過，高橋被妳說他有尾巴之後，會是怎樣的心情？」
女老師沒有回答。荳荳不知道校長先生為什麼要為尾巴的事這麼生氣。
（如果老師問我有沒有尾巴，我應該會很高興。）
荳荳的想法並沒有錯。因為她的身體並沒有任何障礙，所以，即使被問：「有沒有尾巴？」也覺得無所謂。但是，高橋的體質無法長高，他自己也已經知道了這件事，所以校長先生在運動會上，設計了很多能夠讓高橋得到冠軍的比賽項目，為了消除他對身體障礙的羞恥心，特別安排大家脫光光一起在游泳池游泳，千方百計消除高橋、泰明和其他身體有障礙的同學的自卑心，消除他們覺得自己不如其他同學的想法。事實上，這些身障的同學也的確沒有對自己感到自卑。雖然女老師並不是故意的，雖然高橋看起來很可愛，但校長無法想像女老師偏偏問高橋：「你是不是還有尾巴？」這樣的話。那天早上上課時，校長先生剛好在後面聽課，所以才會知道這件事。

荳荳聽到女老師哭著說：

「我真的錯了。我該怎麼向高橋道歉呢？」

校長先生沒有說話。這時，荳荳很想見到玻璃門內的校長先生，雖然她也不知道明確的原因，只是比平時更強烈的感受到校長先生是巴氏學園所有學生的好朋友。大榮應該也有同感。

荳荳無法忘記校長先生不是在老師的辦公室，當著其他老師的面對班導師生氣這件事。雖然那時候她還不知道，小林校長的這些行為代表他是一位真正的教育家，但不知道為什麼，校長先生當時的聲音一直留在她的心中。

春天……荳荳來到巴氏學園的第二個春天悄悄來臨了。

第二個春天

校園內的樹木不斷冒出綠色的嫩葉，花圃內的花也忙著綻放。番紅花、黃水仙和三色菫都接二連三的向巴氏學園的學生打招呼：

「很高興認識你們。」

鬱金香也好像用力踮腳般的努力伸長莖梗，櫻花的花蕾在風中搖曳，好像在等待「預備、砰」的命令，隨時準備怒放。

游泳池旁的水泥長方形洗足池內住著金魚，黑色凸眼金魚和其他的魚之前都一動也不動，現在都在水裡悠然的游來游去。

一切都在閃亮，一切都充滿了嶄新的生機，在這個季節，不用任何人說出口，大家也都知道「春天來了！」

一年前的那天早上，荳荳跟著媽媽第一次來到巴氏學園門口，看到從地面長出來的校門感到驚訝不已，看到電車教室時，興奮得忍不住跳起來，決定把小林宗作校長當作是自己的朋友。一年之後，荳荳和其他同學終於升上了二年級。新的一年級學生就像荳荳他們以前一樣，用充滿好奇的眼神走進校園內。

對荳荳來說，這一年很充實，每天早晨都迫不及待的想要去上學。雖然她現在仍然很喜歡叮咚廣告人，更知道自己周圍還有很多喜歡的事物。在之前的學校被視為「麻煩人物」而遭到退學的荳荳，如今已經是名副其實的巴氏學園學生了。

但是，「名副其實的巴氏學園學生……」這件事，也不免讓家長有點擔心。就連全面信賴校長先生，放心把荳荳交給學校的爸爸和媽媽，有時候也不免擔心「真的沒問題嗎？」更何況對小林校長的教育方針半信半疑，只憑目前的結果決定一切的家長，往往會認為「如果繼續讓孩子讀這所學校，後果不堪設想！」於是把學生轉去其他學校，但孩子都不想離開巴氏學園，所以都忍不住傷心哭泣。

幸好荳荳的班上沒有人轉學。一個三年級的男生要轉學了，他流著眼淚，不發一語的用拳頭捶著校長先生的後背，膝蓋上因為跌倒而形成的結痂不停的抖動。校長先生的眼眶也紅了，最後那個男生還是被父母帶離了學校。他一次又一次回頭，向大家揮著手離開了……

幸好只有這一件令人難過的事，荳荳升上了二年級，接下來每天的生活也一定會充滿驚喜和歡樂。

書包似乎已經成為她後背的一部分了。

天鵝湖

荳荳去日比谷公會堂看芭蕾舞「天鵝湖」的表演。因為爸爸負責「天鵝湖」的小提琴獨奏，而且這次是很出色的芭蕾舞團來表演。

荳荳第一次看芭蕾舞，天鵝公主戴著閃亮的小皇冠，真的像天鵝一樣，輕盈的在天空飛來飛去（在荳荳眼中是這麼一回事）。王子的舞姿似乎在說，自從他愛上天鵝公主後，其他女人無論說什麼，他都不屑一顧。最後，王子和公主終於相親相愛的一起跳舞。

荳荳也很喜歡天鵝湖的音樂，回家之後，荳荳仍然沉浸在那份感動之中，所以第二天早晨一醒來，來不及梳頭髮，就跑去廚房找媽媽說：

「媽媽，我不想當間諜，也不想當叮咚廣告人和車站賣票的人了，我要去跳天鵝湖。」

媽媽絲毫不感到驚訝，只說了一聲：「是喔？」

雖然荳荳第一次看芭蕾舞，但之前就經常聽校長先生介紹一位美國優秀的舞蹈家伊莎朵拉．鄧肯。鄧肯和小林校長一樣，都受到了達爾克羅茲的影響。既然尊敬的小林校長喜歡鄧肯，荳荳當然也很欣賞她，（即使沒有見過面）也有一種親切感，所以，對荳荳來說，成為舞者並不是什麼特別的事。

那一陣子，巴氏學園剛好請來了小林校長的朋友來學校教韻律舞，這位老師在學校附近開了一間舞蹈教室。媽媽拜託那位老師，讓荳荳在放學後去舞蹈教室學跳舞。

媽媽從來不主動要求荳荳去做什麼，每次荳荳提出要求，媽媽總是一口答應，而且不會多問理由，只是協助她處理一些小孩子沒有能力處理的手續之類的瑣事。

荳荳興奮的開始去舞蹈學校上課，希望能夠早日跳天鵝湖，但是那位老師的教舞方式與眾不同。除了巴氏學園的韻律訓練以外，還會配合鋼琴或是唱片的音樂，唱著「山上是晴天」，請學生自由走動，然後老師突然要求：「停！」學生就要做出各種自創的姿勢靜止不動。老師也會在「停！」的時候，和學生一起發出「啊哈！」之類的聲音，做出「仰望天空」或是雙手抱頭，蹲在地上，做「痛苦的人」的樣子。

可是，荳荳滿腦子都是閃亮的皇冠和穿著白色蓬蓬裙的天鵝，根本不是什麼「山上是晴天」或是「啊哈！」這樣的舞蹈課。

有一天，荳荳終於鼓起勇氣，走到老師身旁。那位男老師的瀏海剪得很齊，頭髮也有點鬈。荳荳張開雙手，像天鵝一樣抖動著雙手問他：

「你不教我們這個嗎？」

那位濃眉大眼，鼻子高挺的英俊老師說：

「我這裡不教這個。」

那天之後，荳荳就漸漸不再去那個老師的教室了。雖然不穿芭蕾舞鞋，光著腳蹦蹦跳跳，做出各種自創的姿勢很有趣，但是荳荳無論如何，都想戴上亮閃閃的小皇冠。

臨別前，老師對她說：

「天鵝湖也不錯，不知道妳願不願意喜歡自創的舞蹈呢？」

直到荳荳長大之後才知道，這位老師名叫石井漠，是日本自由舞蹈的創始人，他為停在這個小鎮的東橫線車站命名為「自由之丘」。當時年約五十歲的石井漠老師很努力想要讓幼小的荳荳體會「自由舞蹈的快樂」。

種田老師

「大家聽好了，這位是今天的老師，他會教我們很多事喔。」

校長先生向大家介紹了一位男老師。荳荳仔細觀察那位老師，因為老師的打扮和其他老師很不一樣。他穿了一件條紋短褂，露出胸前的針織衫，沒有繫領帶，但脖子上掛了一條毛巾。下半身穿了一件深藍色棉質窄管褲，而且穿的不是普通的鞋子，而是分趾鞋，頭上還戴了一頂有點破的草帽。

荳荳和其他同學此刻並不是在學校，而是在九品佛的池畔。

荳荳上下打量著那位老師，發現自己之前見過他。

（呃、呃……）

男老師的臉曬得黝黑，雖然臉上有皺紋，但看起來很親切，像皮帶一樣繫在腰上的黑色繩子上掛著的菸管以前好像也見過……

（我知道了！）

荳荳終於想起來了。

「老師是不是經常在河邊農田裡的農夫？」

荳荳開心的問道，穿著分趾鞋的老師露出潔白的牙齒笑了起來，臉上擠出很多皺紋。

「對啊，你們去九品佛的寺院散步時，經常走過我家旁邊，就是目前開了很多油菜花的那片農田，那裡就是我家。」

「哇！叔叔，你今天要當我們的老師嗎？」

荳荳和其他同學都興奮不已，看起來很親切的叔叔向他們揮著手說：

「我不是什麼老師，而是農夫，今天校長先生找我來。」

校長先生站在種田老師的身旁說：

「今天要教大家種田的方法，關於種田的事，你是老師，就好像想要學做麵包時，麵包師就是老師。請你指揮這些孩子，馬上開始吧。」

普通的小學要求有「教師證照」才能教學生，通常會有很多規定，但小林校長向來不在意這種細微末節的事。他認為必須讓學生了解真實的生活，而且這件事很重要。

「那就開始吧。」

種田老師說。大家所站的位置是在九品佛池畔比較安靜的區域，池中映照著樹影。校長載來的半輛電車，靜靜停在一小片農田的中央，那半輛電車是專門放鏟子、鋤頭等種田必要工具的倉庫。

校長先生指示學生從電車上拿來了鏟子和鋤頭，種田老師要求大家先拔草。老師首先向大家說明了雜草，告訴他們「雜草的生命力有多頑強」、「有些雜草長得比作物還快，所以擋住了作物的陽光」，還有「雜草是害蟲的最佳藏身之處」、「雜草會吸收土壤的營養，不利作物生長」。他接二連三的傳授了很多知識，而且說話的時候，雙手不停的拔起很多雜草。大家也跟著開始拔草。接著，老師又親自示範了用鋤頭耕地、堆田埂，以及播蘿蔔種子的方法、施肥的方法等種田時必要的事，中途有一條小蛇探出頭，高年級的太亞差一點被咬到手，但種田老師說：

「這一帶的蛇沒有毒，只要不去招惹牠們，牠們就不會咬人。」

大家聽了才終於安心。種田老師除了教大家種田的方法以外，還說了昆蟲、鳥、蝴蝶和天氣各種有趣的事。老師那雙關節粗大的手證明了他說的這些事都是他親自體驗、發現的事。大家滿頭大汗，終於在老師的協助下，完成了一片農田。雖然無論怎麼看……田埂都有點歪歪扭扭……但還是完美的農田。

那天之後，巴氏學園的學生只要遇見那位叔叔，在很遠的地方，就會充滿尊敬的叫他：「種田老師！」種田老師經常把自己農田剩下的肥料灑在學校的農田裡，大家的農田茁壯成長。每天都有人去巡田，然後向校長、老師和全校學生報告農田的情況，學生終於體會到「自己播的種子發芽了」這件事多麼不可思議，多麼充滿驚喜，又是多麼快樂，只要幾個人聚在一起，就會討論農田的事。

世界各地漸漸發生了可怕的事，值得慶幸的是，這些認真討論農田的孩子們還生活在和平之中。

飯盒炊飯

放學後，一走出校門，荳荳沒有和任何人說話，也沒有說再見，嘴裡唸唸有詞的快步來到自由之丘車站。她好像在說單口相聲中的繞口令般不停的說著：「等等力溪谷飯盒炊飯」這句拗口的話，因為如果有人走到她身旁說真正的單口相聲繞口令「萬壽無疆，萬壽無疆，五個四十億年那麼長」，她一定會馬上忘記。如果「嘿喲」一聲跳過水窪，也會一下子忘得精光，所以她覺得最好的方法，就是不停的默唸。

幸好電車上沒有人對她說話，她也盡可能避免發現任何有趣的事，所以到站之前，沒有任何事讓她覺得「咦？」但是，當她下了車，走出車站時，車站那個認識她的叔叔向她打招呼：「放學啦」的時候，她差一點回答：「我回來了。」一旦打了招呼，可能就會變成「我回來了飯盒炊飯」，所以舉起右手向叔叔拜拜，左手捂住了嘴巴，一路跑回家裡。

一回到家，荳荳就在玄關大聲的對媽媽說：

「等等力溪谷飯盒炊飯！」

媽媽乍聽之下以為她在模仿四十七義士復仇，或是闖入別人的道場要求比武時喊的口號，但很快的就明白荳荳想要說什麼。

等等力車站就在荳荳就讀的小學所在的自由之丘車站的前三個車站，那裡的等等力溪谷是東京的名勝之一，有瀑布、有小河，還有樹林，風景宜人。媽媽猜想他們要去那裡炊飯野餐。

（話說回來，荳荳竟然能夠記住這麼費解的字眼，看來小孩子對自己有興趣的事都記得很清楚。）

荳荳終於解脫了，滔滔不絕的和媽媽聊了起來。星期五早晨要到學校集合，要帶飯碗、湯碗、筷子和一合米，她也沒忘了補充說：

「一合就是差不多一碗左右，煮熟之後，差不多就是兩碗。」

因為還要煮味噌豬肉湯，所以要帶豬肉和蔬菜，還可以帶一點零食。

那天之後，荳荳每天都黏著在廚房下廚的媽媽，研究怎麼拿菜刀，怎麼拿

鍋子，怎麼盛飯。看著媽媽下廚，心情很愉快，她尤其喜歡看到媽媽拿起鍋蓋時，叫著：「好燙好燙……」，然後急忙用手摸著耳垂時的樣子。

「因為耳垂的溫度比較低。」

媽媽向她解釋。荳荳覺得這個動作很有大人的味道，感覺像是大廚師才會做的動作，她暗自下定了決心。

（我去等等力溪谷飯盒炊飯時，也要做這個動作。）

那一天終於來到了。下了電車，大家走到等等力溪谷的樹林時，校長先生看著所有的學生。孩子們的臉在從高大的樹木縫隙灑落的陽光中閃著光芒，個個都十分可愛，每個學生的背包都鼓鼓的，等待校長先生發號施令。知名的瀑布豐沛的水在他們身後拍打出強而有力的動人節奏。校長對他們說：

「各位同學，現在幾個同學組成一組，首先用老師帶來的磚塊搭磚灶。然後分頭去河邊洗米、生火，還有煮豬肉湯。好，現在開始吧！」

學生用猜拳等各種方式分組，因為全校總共有五十個人，所以立刻分成了六組，然後開始挖洞、用磚塊圍起來，再架起鐵網放鍋子和飯盒。有人從樹林中撿了很多掉落在地上的樹枝，有人去河邊洗米，大家分工合作。荳荳自告奮勇的說要切菜，負責「煮豬肉湯」。除了荳荳以外，還有一個四年級的男生也一起切菜，只不過那個男生切得大小不一，形狀也亂七八糟，但他鼻頭冒著汗珠，拚命切著蔬菜。荳荳像媽媽一樣，把大家帶來的茄子、馬鈴薯、蔥和牛蒡俐落的切成適當的大小，又心血來潮的把小黃瓜和茄子切成薄片，醃漬後做了泡菜，還不時教那個手忙腳亂的高年級男生說：「你可以這樣切。」所以，她覺得自己變成了媽媽。

大家都說荳荳做的泡菜很好吃，荳荳雙手扠腰，謙虛的說：

「我只是試著做看看而已。」

大家一起決定了豬肉湯的味道，每個小組都傳來「啊！」、「哇！」、「哇噢」或是「啊喲」的笑聲，樹林中各式各樣的鳥好像也在一起嬉鬧。不一會兒，每個鍋子都飄出香噴噴的味道。在此之前，幾乎所有的學生都從來沒有在家裡注視著鍋子，或是自己調節火候，都只是吃端上桌的食物，所以在自己動手做飯後，知道了其中的樂趣和辛苦，也了解了等一下要吃的食物由生到熟的過程。

所有磚灶上的飯都煮好了，校長要求大家圍成一圈坐在草地上，鍋子和飯盒分別端到各個小組的面前，但是，荳荳的小組在荳荳完成那個她發誓一定要做的動作……打開鍋蓋，說著「好燙、好燙」之前，還不能把煮好的飯和湯端過去。

荳荳有點裝模作樣的說著：「好燙、好燙……」，然後把雙手的手指放在耳垂上，才對大家說：「可以了。」

其他同學搞不清楚是什麼狀況，還是伸手把鍋子端了過去。雖然沒有人稱讚她摸耳垂的動作「好美喔」，但是荳荳自己很滿意。

大家都看著自己的飯碗和湯碗中冒著熱氣的湯。肚子餓了，而且這是自己動手做的飯菜。

唱完「要細嚼慢嚥，所有的食物啊……」，在大家齊聲說：「開動」之後，樹林裡突然安靜下來，只聽到瀑布的水聲。

「妳真的是個好孩子」

校長先生每次看到荳荳，都會對她說：

「妳真的是個好孩子！」

荳荳每次都高興得跳起來說：

「對啊，我是好孩子！」

然後，也覺得自己是好孩子。

荳荳的確有很多優點。她待人親切，尤其是有肢體障礙的同學被其他學校的學生欺負時，她都會挺身而出，即使自己受了委屈，也想要幫同學的忙。看到受傷的動物都會熱心照顧，但一旦發現稀奇的事，或是好奇的事，經常為了滿足自己的好奇心而做出讓老師大驚失色的事。

比方說，在朝會的時候，她故意把綁成兩根辮子的頭髮髮梢從背後夾在兩側腋下走路；值日生打掃時，會把電車教室的地板掀起來……這是檢查馬達時才需要掀起來，但荳荳眼尖的發現後，就去掀了起來……倒完垃圾，想要關起來時，怎麼也關不起來，結果亂成了一團。

有一天，她聽說牛肉都是一大塊肉用鐵鈎掛起來，她一大早就一隻手懸在單槓下，一直不下來。

一個女老師走過去問她：「妳在幹什麼？」

她大聲回答：「我今天是牛肉！」然後「啊！」的一聲掉了下來，那一整天都沒再說話。

午休的時候，她在學校後方散步，看到報紙攤在路上，她興奮的從遠處衝過去縱身一跳，結果是工友把糞坑蓋子移開後，為了怕臭氣四散，所以用報紙蓋起來，結果她就噗通一聲掉進了糞坑，一直淹到胸口……

荳荳經常因為自己的冒失吃苦頭，但是遇到這種事時，校長先生絕對不會把家長找來。其他同學發生類似的情況時也一樣，每次都是由校長先生和學生之間自行解決。

就好像荳荳第一次來學校時，校長先生整整聽她說了四個小時的話一樣，不管學校裡發生了任何事，校長先生都會傾聽學生說話，也接受學生所說的理由。只有在學生「真的做了不好的行為」，而且那個學生也認為「自己做錯」時，校長先生才會要求學生道歉。

關於荳荳的行為，應該沒有其他學生的家長或是老師向校長先生告狀或是投訴，所以校長先生每次見到荳荳，都會對她說：

「妳真的是個好孩子。」

如果大人仔細聽這句話，就會發現「真的」這兩個字大有玄機。

校長先生一定希望荳荳知道「雖然妳有些地方讓人覺得妳不是好孩子，但校長先生知道，妳真正的性格並不壞，有很多優點。」可惜荳荳直到數十年後，才體會到校長這句話真正的意思。

只不過即使無法了解校長真正的意思，校長先生的這句話也讓荳荳在內心對「我是好孩子」這件事產生了自信。因為她無論做任何事，都會想起校長說的這句話，只是有時候在做完之後，才想到「啊呀！慘了！」

荳荳在巴氏學園期間，小林校長持續對她說這句重要的話，這句話很可能決定了她一生。

「荳荳，妳真的是個好孩子。」

新娘

荳荳今天覺得很難過。

荳荳已經升上了三年級，她很喜歡同班的阿泰。阿泰很聰明，物理很好，也在學英文，荳荳就是從他那裡學到了「狐狸」的英文。

「荳荳，狐狸是 fox。」

（原來是佛克斯……）

那一大，荳荳一整天都沉浸在「佛克斯」的發音中。所以她每天早晨走進電車教室後做的第一件事，就是用刀片把阿泰鉛筆盒中所有的鉛筆都削得尖尖的，而她自己的鉛筆都用牙齒咬一下後湊合著用。

但是，今天阿泰叫住了荳荳。那時候剛好是午休，荳荳正在禮堂後方那個糞坑口附近散步。

「荳荳！」

因為阿泰叫她的聲音好像在生氣，荳荳驚訝的停下了腳步。

阿泰一口氣跑到她面前說：

「長大之後，不管妳怎麼求我，我也不會讓妳當我的新娘子！」

阿泰說完這句話，低頭離開了。荳荳一臉茫然的目送著阿泰的背影，直到他的腦袋……那個腦容量很大，讓自己很佩服的腦袋，綽號叫假分數的腦袋……完全看不見為止。

荳荳把手插在口袋裡思考著，她完全想不透是什麼原因，只好去找同班的美代商量。

美代聽荳荳說完後，用大人的語氣說：

「這也難怪啊。荳荳，今天相撲課的時候，妳不是把阿泰摔出去了嗎？阿泰的頭很重，所以一下子就被你甩了出去，他當然很生氣啊。」

荳荳發自內心感到後悔。美代說的沒錯，自己喜歡阿泰，願意每天為他削鉛筆，為什麼在相撲課的時候完全忘了這件事，把他摔出去了呢……但是，已經來不及了，荳荳無法成為阿泰的新娘這件事已經無法挽回了。

（但是，明天我還是要為他削鉛筆。）

因為我喜歡他啊。

破學校

荳荳在以前的學校時也一樣，小學生都很流行一起唱「調侃歌」。比方說，在荳荳已經遭到退學的前學校時，學生放學走出校門後，會回頭看著校舍唱：

「赤松學校破學校！進去以後才知道，是所好學校！」

如果這時剛好有其他學校的學生經過，就會指著赤松小學大聲調侃說：

「赤松學校好學校！進去以後才知道，是所破學校！哇！」

雖然是從建築物的新舊等外表決定是不是「破」學校，但「進去以後」才是重點。這首歌顯示，小孩子也知道比起學校房子的新舊，「進去以後才知道，是所好學校！」比較重要，通常一個人的時候不會唱「調侃歌」，而是要在五、六個人等人數比較多的時候才唱。

今天下午，巴氏學園的學生在放學後盡情玩耍。在大家決定稱為「趕人鐘聲」的最後鐘聲響起之前，都可以留在學校做自己喜歡的事。因為校長很重視學生的自由時間，讓他們可以做自己想做的事，所以放學後讓學生可以留在學校的這段時間比其他小學更長。

有人在校園玩球，也有人玩單槓，還有人在沙坑玩得滿身泥巴；有的學生在整理花圃，也有幾個高年級的女生坐在階梯上聊天，還有人在爬樹，每個人都在校園內盡情玩樂。當然，也有像阿泰一樣留在教室裡做不知道是物理還是化學的實驗，把燒瓶裡的液體煮沸，或是用試管做實驗；有人在圖書室看書，也有像喜歡動物的天寺同學一樣，把撿來的貓翻過來，研究牠的耳朵。總之，大家都在放學後的這段時間盡情玩樂。

這時，學校外面突然有人大聲唱起了「調侃歌」。

「巴氏學園破學校！進去以後更知道，是所破學校！」

（太過分了！）

荳荳忍不住想。當時荳荳剛好就在校門（其實只是一棵有根、有樹葉的樹）旁，所以聽得一清二楚。

（太過分了，竟然前面和後面都是「破學校」！）

其他同學也都很不服氣，跑到校門旁，其他學校的那幾個男生叫著：

「破學校！哇！」

然後一哄而散。荳荳太生氣了，為了平息內心的怒氣，她一個人拚命追著那幾個男生。那幾個男生跑得很快，轉眼之間，就鑽進了小巷，不見人影了。荳荳很不甘心的走回學校。

這時，她不由自主的哼起歌：

「巴氏學校好學校！」

然後，走了兩步，又接著唱了下去，「進去以後更知道，是所好學校！」荳荳對這首歌很滿意，所以回到學校後，故意像其他學校的人一樣，把頭鑽進圍籬大聲唱了起來，讓其他人都可以聽到。

「巴氏學校好學校！進去以後更知道，是所好學校！」

原本在校園內的學生搞不清楚發生了什麼事，所以一下子安靜下來，發現原來是荳荳後，大家都興奮的跑出來一起唱。最後，大家搭著肩，牽著手，排成一行，在學校周圍繞著圈，齊聲唱了起來。比起歌聲，他們的心更緊緊團結在一起，但他們並沒有察覺這件事，只覺得很好玩，也很開心。他們一次又一次在學校周圍繞著圈，邊走邊唱。

「巴氏學校好學校！進去以後更知道，是所好學校！」

這些學生當然不知道，正在校長室的校長先生是多麼欣慰的聽著他們唱著這首歌。

每個從事教育工作的人都一樣，尤其是真心關心兒童的教育工作者，每天都有無數煩惱。更何況像巴氏學園這種在各方面都與眾不同的學校，當然會遭到那些對教育方針有不同看法人士的指責。因此，這些學生合唱的這首歌對校長先生來說，無疑是最棒的禮物。

那些學生不厭其煩，一次又一次，一次又一次的唱著這首歌。

那天的「趕人鐘聲」比平時更晚才響起。

緞帶

吃完便當的午休時間，荳荳蹦蹦跳跳的準備穿越禮堂時，遇見了校長先生。雖說是遇見，但其實他們剛才一起吃便當，總之，荳荳在禮堂內遇到了迎面走來的校長。校長看到荳荳後說：

「太好了，我剛好有事想要問妳。」

「什麼事？」

荳荳想到自己能夠幫上校長的忙，不由得感到高興。校長看著荳荳頭上的緞帶問：

「妳頭上的緞帶是去哪裡買的？」

荳荳聽了，頓時笑逐顏開。因為她從昨天就開始綁這條緞帶，但那是她意外挖到的寶物。荳荳把緞帶湊到校長面前，讓他仔細看清楚，很得意的說：

「這條緞帶原本在姑姑以前穿的袴褲上，她放進櫃子時被我發現了，然後她就送給我了。姑姑還說，『荳荳的眼睛真銳利啊。』」

校長聽了，若有所思的說：

「是喔，原來是這樣。」

那天去姑姑家玩時，姑姑剛好在晒衣服，除了各種和服以外，還有一件她在女學生時代穿的紫色袴褲。姑姑準備收好時，荳荳眼尖的看到了好東西。

「咦！那是什麼？」

姑姑停下了手。荳荳看到的「好東西」，就在袴褲後腰處隆起的部分。姑姑告訴她說：

「那是背後的裝飾品，當時流行在這裡縫上編織的蕾絲，或是寬幅的緞帶，然後綁上一個大蝴蝶結。」

姑姑看到荳荳不停摸著緞帶，一副愛不釋手的樣子，就對她說：

「送妳吧，反正我以後也不會穿了。」

姑姑說完，用剪刀把縫線剪斷，把緞帶拆下來送給荳荳。於是，荳荳就有了這條讓她引以為傲的緞帶。那條織了玫瑰花和其他花紋的高級綢緞緞帶好像一幅畫，真的很美。緞帶很寬，像塔夫綢般質料很挺，綁在頭上時，幾乎和荳荳的腦袋一樣大。姑姑說，這條緞帶是舶來品。

荳荳在告訴校長時，不斷晃著腦袋，讓校長也可以聽到緞帶摩擦的沙沙聲。校長聽完之後，露出為難的表情。

「是嗎？昨天美代說，想要像妳一樣的緞帶，我去自由之丘的髮飾店找了半天都沒找到。原來是舶來品……」

校長先生此刻不是校長先生，而是被女兒央求後感到為難的父親。校長先生對荳荳說：

「荳荳，美代一直吵，所以如果妳來學校的時候能暫時不綁這條緞帶，我會很感激妳。不好意思，向妳提出這種要求。」

荳荳抱著雙臂，站在那裡想了一下，然後立刻回答說：

「好啊，那我明天就不綁了。」

校長說：

「是嗎？真是太感謝了。」

荳荳雖然覺得有點遺憾，但立刻覺得既然校長先生會為難，那不綁也沒有關係。讓她下定決心的另一個理由，就是想像一個大男人……而且是自己最喜歡的校長先生……在髮飾店內拚命尋找緞帶的樣子，讓她覺得有點可憐。在巴氏學園內，彼此之間相互幫助變成了一件很平常的事，而且不分年齡。

第二天早晨，荳荳去上學後，媽媽去她的房間打掃，發現那條緞帶綁在荳荳心愛的熊娃娃上。媽媽很納悶，荳荳之前那麼喜歡綁那條緞帶，為什麼突然不綁了，而且覺得綁了緞帶的灰熊好像對自己突然變得花俏感到很不自在。

勞軍

荳荳今天第一次去醫院探視很多在戰爭中受傷的士兵。一行人總共有三十個小學生，都來自各個不同的學校，彼此並不認識。

不知道從什麼時候開始，政府下達命令，要求每所小學派兩、三名學生前往勞軍，像巴氏學園這種學生人數較少的學校只要派一人。決定前去勞軍的學生人選後，就組成一個三十人左右的勞軍團，由某所學校的老師帶領，前往士兵所住的醫院勞軍。

今天荳荳代表巴氏學園前往，帶隊的是一位瘦瘦的女老師，戴著眼鏡。一行人跟著老師走進病房時，十五個穿著白色睡衣的士兵有的躺在床上，有的坐了起來迎接他們。荳荳原本有點擔心，不知道受傷的士兵是什麼樣子，但那些士兵都面帶微笑，向他們揮著手，看起來精神很好，荳荳也就放了心，只是也有士兵頭上綁著繃帶。女老師要求學生站在房間中央，向那些士兵說：

「我們來探視各位了。」

所有學生也跟著鞠了躬，老師又接著說：

「今天是五月五日端午節，我們來唱〈鯉魚旗的歌〉。」

說完，像指揮一樣高高舉起雙手，對學生說：

「準備好了嗎？三、四！」

女老師很有精神的揮下手，學生雖然彼此不認識，但全都一起放聲高唱。

「層層的屋瓦和雲海的波浪……」

荳荳並不會唱這首歌，因為巴氏學園並沒有教這種歌。荳荳坐在一個跪坐著的士兵病床床角，那個人看起來很親切。荳荳一邊聽著大家唱歌一邊在心裡想著「真傷腦筋啊」。

「層層的屋瓦」唱完之後，女老師又說：

「接下來要唱〈偶人節〉。」

除了荳荳以外的所有人都唱了起來。

「為燈籠點上亮光……」

荳荳只能默默聽著。

當大家唱完之後，士兵為他們鼓掌。女老師笑了笑又說：

「各位同學，接下來唱〈母子馬〉，要唱得大聲點。來，三、四！」

女老師又開始指揮。

荳荳也不知道這首歌。當大家唱完〈母子馬〉之後，荳荳坐著的那張床上的士兵摸著荳荳的頭問：

「妳怎麼不唱？」

荳荳深感歉意。因為今天來勞軍，竟然一首歌都不會唱，所以，她跳下床後，鼓起勇氣說：

「那我來唱我會的歌。」

女老師看到荳荳自作主張說要唱歌，驚訝的問：「什麼歌？」

可是，荳荳還沒回答已經用力吸了一口氣，準備開始唱歌了，老師只好決定靜靜的聆聽。

荳荳覺得自己身為巴氏學園的代表，當然要唱巴氏學園最有名的歌。

所以，她吸了一口氣，大聲唱了起來。

「要細嚼慢嚥，所有的食物啊……」

其他學生都笑了起來，也有人追問身旁的人說：「那是什麼歌？那是什麼歌？」

女老師無法指揮，只能將雙手舉在半空中。荳荳雖然覺得有點難為情，但還是努力唱著。

「細嚼慢嚥、細嚼慢嚥，所有食物啊。」

唱完之後，荳荳鞠了一躬，當她抬起頭時，發現淚水從那名士兵的眼中流了下來，忍不住嚇了一跳。因為她以為自己做錯了什麼。

這時，比荳荳的爸爸年紀稍長的士兵再度摸了摸她的頭說：

「謝謝妳，謝謝妳。」

士兵摸著她的頭時，仍然淚流不止。這時，女老師回過神似的說：

「現在請各位同學朗讀帶來的作文。」

學生們開始輪流朗讀各自的作文，荳荳看著那名士兵。士兵的眼睛和鼻子

都紅了，但他臉上露出了笑容。荳荳也笑了，因為她看到士兵露出笑容，覺得真是太好了。

那名士兵為什麼哭，只有他自己知道。也許是因為他有一個和荳荳長得很像的女兒留在故鄉，也可能是荳荳很努力唱歌，讓他心生憐愛，覺得荳荳很可愛。也可能是根據戰地的經驗，想到很快就會沒有食物可吃了，但荳荳還在唱「細嚼慢嚥」，覺得這樣的她很可憐。也可能是因為他知道，眼前這些孩子即將被捲入很可怕的生活。

這些朗讀作文的孩子並不知道，太平洋戰爭已經悄悄開打了……

健康的樹皮

荳荳經過自由之丘車站的剪票口時，向已經很熟悉的叔叔出示用繩子掛在脖子上的月票後，走出了車站。

今天車站外發生了一件非常有趣的事。因為有一個年輕人盤腿坐在草蓆上，他的面前堆了很多像是樹皮的東西。有五、六個人圍在旁邊，看那個年輕人的表演。荳荳也加入了他們，因為那個年輕人吆喝著：

「來，各位請看！各位請看！」

年輕人看到荳荳停下腳步後開了口：

「無論對任何人來說，健康都是最重要。這塊樹皮可以在每天早晨檢查自己到底是健康，還是生病了。早晨起床後，咬一口這塊樹皮，如果覺得苦……就代表生病了；如果咬了之後並不覺得苦，就代表沒生病。只要區區二十錢，就可以用這塊樹皮檢測疾病。那位先生，請你咬一口看看。」

一個乾瘦的男人戰戰兢兢的用門牙咬了一口年輕人遞過來的樹皮，然後微微偏著頭說：

「好像、有點……苦……」

年輕人聽了，立刻跳起來說：

「這位先生，你生病了，要小心一點，但你還不算最糟，因為你只是覺得『好像』有點苦。來，那位太太，妳也來咬一口試試。」

拎著菜籃的大嬸用力咬了一大口，開心的說：

「啊喲！完全不苦啊。」

「太太，真是太好了，妳很健康！」

年輕人又更大聲的說：

「二十錢，二十錢！只要二十錢，每天早上咬一口就知道自己有沒有生病，太划算了！」

荳荳也很想去咬一口灰色的樹皮，但她沒有勇氣說：「我也想……」，於是她問年輕人：

ちひろ

「放學的時候，你還會在這裡嗎？」

「嗯，在啊。」年輕人看了一眼還是小學生的荳荳說。

荳荳一路跑去學校，書包在她背後叭達叭達響個不停。因為她快遲到了，而且她還有一件事要處理。她一走進教室就問大家：

「誰可以借我二十錢？」

但是，沒有任何同學身上有二十錢。當時一盒長方形的牛奶糖十錢，所以二十錢並不算多，但沒有人身上有這麼多錢。

這時，美代說：

「我去向爸爸、媽媽拿錢借給妳？」

這種時候，美代是校長先生的女兒就很方便。因為美代家就在學校禮堂後方，她媽媽就像隨時都在學校。

午休的時候，美代對荳荳說：

「爸爸說，可以借妳，但他想知道妳要拿來幹什麼。」

荳荳走去校長室。校長先生一看到荳荳，拿下眼鏡問：

「怎麼了？妳說要二十錢？要拿來幹什麼？」

荳荳急忙對校長先生說：

「我想買一種只要咬一口，就知道有沒有生病的樹皮。」

「哪裡有賣？」

校長先生好奇的問。

「車站前！」

荳荳再度急忙回答。

「是嗎？好啊，既然妳想買的話。妳也會讓我咬一口吧？」

校長先生說完，從上衣口袋裡拿出皮夾，把二十錢放在荳荳的手上。

「哇噢，謝謝。我回去跟媽媽要錢後，就還給校長先生。我要買書的話，媽媽都會買給我，買其他東西時，就要先徵求媽媽的同意，不過大家都會需要健康的樹皮，所以我想媽媽會買給我的！」

放學後，荳荳緊緊握著二十錢，急忙趕去車站前。那個年輕人還在叫賣，荳荳出示手上的二十錢後，他笑著說：

「妳真是一個乖孩子，爸爸、媽媽一定會很高興。」

「還有洛基！」

荳荳說。

「洛基是誰？」

年輕人一邊挑選準備給荳荳的樹皮，一邊問。

「我家的狗，是牧羊犬！」

年輕人停下手，想了一下說：

「狗嗎？不錯啊，狗也不喜歡苦味，所以就知道牠是不是生病了……」

年輕人拿起一塊長十五公分，寬三公分左右的樹皮說。

「聽好了，要早晨咬，如果覺得苦，就是生病了。如果不覺得苦，就代表很健康。」

荳荳小心翼翼的握著年輕人用報紙包好的樹皮回了家。

回到家後，荳荳首先自己咬了一口樹皮。樹皮吃在嘴裡沙沙的，但既不苦，也沒有其他味道。

「哇，我很健康！」

媽媽笑著說：

「對啊，妳很健康，怎麼了？」

荳荳向媽媽解釋，媽媽也咬了一口樹皮後說：

「不苦啊。」

「所以媽媽也很健康！」

荳荳走去洛基面前，把樹皮放在牠面前。洛基聞了聞味道，然後用舌頭舔了舔。荳荳對牠說：

「要咬啊，咬一咬，就可以知道有沒有生病！」

但是洛基並沒有咬，而是用腳抓著耳朵後方。於是，荳荳把樹皮放到洛基嘴邊說：

「你咬咬看呀，萬一你生病就慘了！」

洛基無可奈何的在角落咬了一小口樹皮，然後又聞了聞味道，但並沒有露出厭惡的表情，而是打了一個呵欠。

「哇，洛基也很健康！」

第二天，媽媽給了荳荳二十錢零用錢。荳荳一到學校，就跑去校長室，遞上樹皮。

校長先生看到樹皮後愣了一下，似乎納悶：「這是什麼？」然後看到荳荳小心翼翼的打開手心，把手上的二十錢交給他時，才終於想了起來。

「咬一口？如果覺得苦，就是生病了！」

校長先生咬了一口，然後把樹皮翻來翻去，仔細檢查著。

「會苦嗎？」

荳荳擔心的看著校長先生的臉問道。

「不，完全沒有味道。」校長先生把樹皮交還給荳荳說：「校長很健康，謝謝妳。」

「哇，校長先生也很健康！太好了！」

那一天，荳荳請全校的同學都咬了一小口樹皮，每個人都不覺得苦，所以大家都很健康。巴氏學園的每個人都很健康，荳荳感到很高興。

大家都向校長先生報告，說自己很健康。

校長先生每次都說：

「是嗎？太好了。」

但是，在群馬縣大自然中出生，從小在榛名山的河畔長大的校長先生一定知道，無論誰咬那塊樹皮，都不會覺得苦。

但是，荳荳看到大家都「很健康！」就感到很高興。校長先生則是看到這樣的荳荳，也感到十分高興。

如果有人說：「很苦！」荳荳一定會很擔心。校長先生為荳荳的心地善良感到高興。

那個時候，荳荳正把樹皮塞進剛好路過學校附近的野狗嘴裡，差一點被野狗咬到，但是，荳荳仍然大聲的叫著：

「很快就可以知道你有沒有生病啊。要不要咬一小口？只要知道你沒有生病就好！」

最後，荳荳終於成功的讓陌生的狗咬了樹皮，荳荳興奮的在野狗周圍跳起來說：

「太好了，你也很健康！」

野狗低下頭，似乎有點害怕的跑走不見了。

正如校長先生所預料的，那個年輕人沒有再來過自由之丘。

但是，荳荳每天早晨上學前，都小心翼翼的從抽屜裡拿出好像被河狸咬得破破爛爛的樹皮咬一口，大聲說著：

「我很健康！」

然後才走出家門。

很慶幸的是，荳荳真的很健康。

說英文的同學

今天有一個新同學來到巴氏學園。以小學生的標準來說，他比所有的同學都高，而且體格也很壯，荳荳覺得他不像是小學生，有點像中學生的哥哥。

新同學身上的衣服也和大家不一樣，看起來像大人一樣。

校長先生在校園內向全校學生介紹了新同學。

「他叫宮崎，在美國出生，也在美國長大，日文不太好，所以比起普通的學校，他在這裡更能夠很快結交到朋友，也可以安心讀書。從今天開始，宮崎同學就是大家的同學。讀幾年級好呢？那就和太亞同班，讀五年級吧。」

五年級的太亞很會畫畫，像往常一樣很有大哥哥的架式說：

「好啊。」

校長先生笑著說：

「雖然他的日文不好，但英文很好，你們可以向他學，但他對日本的生活很陌生，所以請你們多教教他，當然，也可以問他在美國的生活，很有趣。沒問題吧？」

宮崎向比自己個子矮很多的同學鞠躬，除了太亞班上的同學以外，還向其他所有人鞠躬、揮手。

午休時間，宮崎去校長先生家時，大家也都跟了過去。宮崎走進去時，打算穿著鞋子踩在榻榻米上，大家慌忙制止說：

「要脫鞋子！」

宮崎驚訝的脫下鞋子說：

「對不起。」

其他人紛紛告訴他：

「走進榻榻米的房間要脫鞋子，但在電車教室、圖書室時不用脫。」

「九品佛寺院的庭院不用脫，但進去正殿時要脫。」

大家充分了解到，即使是日本人，如果一直在國外生活，生活習慣也會有很大的不同，覺得很有趣。

第二天，宮崎帶了很大的英文繪本來學校，午休的時候，大家把宮崎團團圍住，探頭看著他手上的繪本，然後都感到驚訝。因為大家從來沒有看到過這麼漂亮的繪本，大家以前看過的繪本，都是鮮紅色、綠色或是深黃色，但這本繪本的顏色是好像皮膚般的淡粉紅色，水藍色也像是混合了白色和灰色的感覺，那是蠟筆沒有的色彩，二十四色也沒有這些顏色，有不少顏色連只有太亞才有的四十八色蠟筆中也找不到，看起來很舒服。大家都讚不絕口，繪本的內容從一個包著尿布的嬰兒被狗扯掉尿布開始，但是，大家感嘆的是那個嬰兒看起來不像是畫上去的，很柔嫩的粉色小屁股，簡直就像是真的嬰兒。最後，所有人都是第一次看到這麼大、這麼厚，而且紙質很光滑的繪本。荳荳像平時一樣，很機靈的站在離繪本最近的位置，緊緊貼在宮崎身旁。

宮崎先用英文朗讀了內容。他的英文很流利，大家都聽得出了神，然後，宮崎費力的說起日文。

宮崎為巴氏學園的學生帶來了新鮮事。

「嬰兒是 baby。」

大家也跟著宮崎出聲的唸了起來。

「嬰兒是 baby。」

接著，宮崎又說：

「美里是 beautiful。」

「美麗是 beautiful。」聽到大家唸了之後，宮崎立刻訂正了自己的日文。

「對不起，所以不是美里，而是美麗？」

巴氏學園的學生很快就和宮崎變成了好朋友，宮崎也每天都帶不同的書來學校，在午休的時候唸給大家聽。

所以，宮崎就像是大家的英文家教，同時，宮崎的日文也愈來愈好，也不會再做出在壁龕內一屁股坐下的行為。

荳荳和其他同學對美國有了一定程度的了解。

巴氏學園內，日本和美國正漸漸走向友好。

但是，在巴氏學園外，美國成為敵國，英文成為敵國的語言，所有學校都不再教英文。

「美國人是魔鬼！」

政府這麼告訴民眾，但巴氏學園的人正異口同聲的唸著：

「美麗是 beautiful。」

吹過巴氏學園上空的風很溫暖，孩子都很美麗。

遊藝會

「演戲了！演戲了！遊藝會了！」

這是巴氏學園第一次舉行遊藝會。雖然在吃便當的時間，每天都有一個人說故事給大家聽，但這次要在禮堂內，平時校長先生上韻律課時彈鋼琴的小舞台上演戲，而且還會有觀眾……總之，巴氏學園的學生沒有人知道什麼是演戲，就連荳荳，除了芭蕾舞「天鵝湖」以外，也從來沒有看過戲。即使如此，各個年級還是開始討論各自想要表演的節目。荳荳的班級決定表演課本上的〈勸進帳〉的故事。

他們要表演的劇目很沒有巴氏學園風格，但丸山老師還是擔任指導。個子高大的稅所愛子答應扮演弁慶，看起來忠厚老實，聲音很宏亮的天寺扮演富樫。大家在討論之後，決定由荳荳扮演義經，其他同學扮演山僧。

開始排練之前，大家都要先背台詞，但荳荳和山僧沒有台詞，山僧只要不發一語的站在舞台上就好，所以很輕鬆。這一段的內容是荳荳扮演的義經為了要順利通過由富樫負責防守的「安宅關」，弁慶鞭撻主人義經，證明「他只是山僧而已」，所以，扮演義經的荳荳只要蹲在原地就行了。扮演弁慶的稅所同學很辛苦，除了和富樫之間有很多對話，而且當他拿出空白書卷，富樫要求他：「讀出來聽聽」時，還要即興創作、朗讀「當初為了建造東大寺……」，最後打動了敵人富樫，所以每天都在練習「當初……」。

扮演富樫的天寺同學也有很多反駁弁慶的台詞，所以似乎也有點吃不消。

終於要排練了。富樫和弁慶面對面，山僧都站在弁慶的身後。荳荳站在一群山僧的最前面，但是她並沒有搞清楚劇情，所以當弁慶推著扮演義經的荳荳，用棍子打她時，她每次都激烈反抗，猛踢稅所同學的腳，或是用力抓她，每次都把稅所同學惹哭了，其他山僧都忍不住大笑。

照理說，無論弁慶怎麼打義經，義經都只能挨打，富樫體會到弁慶內心的痛苦，最後終於放行，讓他們通過「安宅關」，但如果義經一直反抗，根本就演不下去。丸山老師向荳荳說明劇情，荳荳堅持：

「稅所同學打我，我也要打她！」

每次演到那個橋段，荳荳都蹲在地上抵抗，結果無法繼續排練下去。最後，丸山老師對荳荳說：

「不好意思，現在決定請阿泰演義經。」

荳荳暗自慶幸老師的決定，因為她才不想被人打、被人推。丸山老師又對她說：

「荳荳，請妳演山僧。」

於是，荳荳就站在一群山僧的最後方。

「這下子終於可以順利排練了！」

雖然大家這麼想，可惜高興得太早了。因為山僧要爬山，所以交給荳荳一根長棍子，這件事成為敗筆。因為當荳荳覺得站得很無聊時，就用棍子戳旁邊山僧的腳，或是搔前排山僧的癢，有時候還會把棍子當成指揮棒，很容易打到別人，而更何況破壞了富樫和弁慶正在演的戲。

結果，荳荳連山僧也不能演了。

演義經的阿泰咬緊牙關，任憑弁慶又打又踢，觀眾一定覺得「好可憐！」——少了荳荳之後，排練進行得很順利。

荳荳孤單的來到校園，光著腳跳起了自創的芭蕾舞。自編自跳心情很舒暢，荳荳一下子變成天鵝，一下子變成風，一下子變成怪人，然後又變成了樹，在沒有人的校園內一直跳著舞。

但是，她內心仍然有一點想要演義經，只不過如果真的演了，被稅所同學打的時候，一定還會忍不住打她、抓她。

所以，在巴氏學園唯一的一次遊藝會上，荳荳卻無法參加。

粉筆

巴氏學園的學生從來不會在別人家的圍牆或是馬路上塗鴉，因為校長先生讓他們在學校時盡情塗鴉。

上音樂課時，當學生在禮堂內集合時，校長先生就會每人發一支白色粉筆，學生可以在禮堂內選一個位置，躺著、蹲著或是跪坐著，拿好手上的粉筆。當大家準備就緒時，校長先生就會彈鋼琴，大家把老師彈的音樂旋律用音符記錄在禮堂的地板上。

粉筆在光滑的淺棕色木地板上寫字的感覺很舒服，荳荳班上的十個人分散在寬敞的禮堂內，無論把音符寫得多大，也不會撞到其他同學。寫音符時不需要畫五線譜，只要把旋律寫下來就好，而且那是校長先生和學生討論後決定的「巴氏學園音符」。

比方說——

♪.♬ 稱為跳跳（因為這種旋律可以蹦蹦跳跳）

♪ 稱為旗幟（因為看起來像旗幟）

♫ 稱為旗旗

♬ 稱為雙旗（十六分音符，兩面旗幟）

♩ 稱為黑

𝅗𝅥 稱為白

𝅗𝅥. 稱為白痣（或白點）

𝅝 圓（全音符）

取了這些名字後，學生對音符產生了親近感，因為很有趣，所以大家都很喜歡上音樂課。

校長先生想出了讓學生盡情寫在地板上的方法，如果使用紙張，一定會不夠寫；如果寫在黑板上，黑板的數量不夠多，所以把地板當成一塊大黑板，讓學生用粉筆寫，「身體可以自由活動」、「即使旋律的節奏再快，也可以不停的寫」、「字寫得再大都沒有關係」，最大的好處，就是可以讓學生盡情享受音樂。如果有多餘的時間，即使順便畫上飛機或是娃娃也沒有問題，所以有時候故意畫到旁邊的同學那裡，連在一起，有時候整個禮堂內形成一整幅畫。

上音符課時，當音樂告一段落後，校長先生就會走下舞台，檢查每個學生寫的是否正確，然後會說：「很好」或是「這不是旗旗，是跳跳」。當大家都改正後，校長會再彈一次，大家也再度確認自己所寫下的旋律正確。上音符課時，校長先生再忙，也絕對不會假他人之手，學生也覺得只有小林校長的課才好玩。

但是，上完音符課後的打掃很辛苦。首先要擦地板，再擦掉粉筆寫的音符。之後所有學生再拿著拖把、抹布把地板擦得一乾二淨，但要把整個禮堂擦乾淨，並不是一件輕鬆的事。

因為這個關係，巴氏學園的學生都知道「塗鴉或亂畫容易，事後清理很麻煩！」所以從來不在禮堂地板以外的地方塗鴉，況且，每星期上兩堂音樂課，已經讓他們充分享受了塗鴉的樂趣。

巴氏學園的學生完全了解「粉筆寫字的感覺」、「怎麼握，怎麼寫，才能寫得好看」和「避免粉筆折斷的方法」，也就是說，每個學生都有能力成為「粉筆評論家」！

泰明死了

春假結束，第一天回學校上課的早晨，小林校長在校園內站在人家面前時，像往常一樣，雙手插在上衣的口袋裡一動也不動。然後，他拿出雙手，看著大家。校長好像哭了，他緩緩的對大家說：

「泰明死了，今天，大家要去參加他的葬禮。泰明是你們的朋友，發生這種事真是太遺憾了，校長也很難過……」

說到這裡，校長先生紅了眼眶，淚水從他的眼中滑落。

所有的同學都目瞪口呆，沒有任何人說話，每個人內心都回想起對泰明的回憶。巴氏學園的校園第一次沉浸在這麼悲傷的寂靜中。

荳荳忍不住想：「泰明竟然這麼快就死了，他在春假前借了一本《湯姆叔叔的小屋》給我看，我還沒有看完，他竟然就死了。」

荳荳回想起泰明，回想起春假前放學回家前，他把書遞給自己時，他彎曲的手指，回想起他們第一次見面的日子。

「你為什麼那樣走路？」

「因為我得過小兒麻痺症。」

荳荳回想起他用溫柔的聲音靜靜回答時的聲音和微笑的表情，回想起放假時，他們兩個人的大冒險，回想起他們瞞著大人爬上了樹（雖然泰明比荳荳年長，個子也比她高，但他完全信任荳荳，把自己交給荳荳，荳荳回想起當時在下面推他身體時的重量，覺得充滿懷念），泰明還告訴荳荳，「美國有一種叫電視機的東西」。

荳荳很喜歡泰明，下課的時候、吃便當的時候和放學後走去車站時，他們總是形影不離。和泰明在一起的一切都充滿了懷念，但荳荳知道，泰明再也不會來學校了，因為死亡就是這麼一回事。可愛的小雞之前也死了，無論怎麼叫牠們，牠們都再也不動了。

泰明的葬禮在他家所在的田園調布一家教堂舉行，那家教堂就在他家對面的網球場旁，所有的學生都不發一語的排著隊伍，從自由之丘走去教堂。平時走路時總是東張西望的荳荳也低著頭走路，她發現自己在剛才聽校長傳達泰明死訊時的想法和現在有一點不一樣了。剛才覺得「難以置信」和「好想念他」，現在一心想著「希望還可以再度見到泰明活著的樣子，哪怕一次也好，希望見到他，和他聊天」。

教堂內放滿了白色百合花。泰明的漂亮姊姊、媽媽和他的家人都穿著黑色衣服站在門外，他們看到荳荳和其他同學時，哭得更傷心了，每個人都握緊了手上的白色手帕。荳荳第一次參加葬禮，知道葬禮很悲傷，葬禮上沒有人說話，只有風琴靜靜演奏著讚美歌。陽光照在教堂內一片明亮，但無論在哪裡都找不到快樂。手腕上戴著黑紗的男人遞給巴氏學園的學生每人一朵白花，告訴大家要拿著白花排隊走進教堂，輕輕放在泰明躺著的棺材內。

泰明閉著眼睛躺在棺材內，被鮮花包圍，但即使他已經死了，看起來也和平時一樣親切又聰明。荳荳跪了下來，把花放在泰明的手邊，然後輕輕摸了摸泰明的手。荳荳曾經無數次拉過那隻充滿懷念的手，和荳荳又髒又小的手相比，泰明蒼白的手指很長，看起來像大人的手。

「再見。」

荳荳小聲的對泰明說。

「等我們長大之後，在其他地方見面，希望到時候你的小兒麻痺症就可以治好了。」

荳荳站了起來，再度看著泰明。對了，自己忘了一件重要的事！

（《湯姆叔叔的小屋》無法再還給泰明了，在下次見面之前，就先放在我這裡。）

荳荳轉身離去，她似乎聽到身後傳來泰明的聲音。

「荳荳！和妳在一起經歷的很多事都很開心，我不會忘記妳。」

（對啊。）

荳荳在教堂門口轉過頭。

（泰明，我也不會忘記你！）

春光明媚……和第一次在電車教室見到泰明時一樣，春天的陽光包圍了荳荳，和第一次見到泰明時不同的是，淚水順著荳荳的臉龐滑了下來。

間諜

巴氏學園的學生因為泰明的事陷入了感傷，尤其在荳荳的班上，大家需要時間適應，早上已經開始上課，泰明仍然沒有出現在電車教室這件事。那不是因為他遲到，而是他再也不會出現。

一個班級只有十名學生是一件很棒的事，但遇到這種事的時候，大家都覺得很不好，因為無論如何，都會看到「泰明不在」這件事。唯一慶幸的是，教室的座位沒有固定，如果泰明有固定的座位，而且那個座位一直空著，必定是一件很痛苦的事，巴氏學園規定每個人可以自由挑選自己的座位，這個規定在這個時候發揮了作用。

這一陣子，荳荳經常在思考長大以後要做什麼這件事。以前年紀更小的時候，她曾經想當叮咚廣告人或芭蕾舞者；第一次來巴氏學園時，她覺得當賣車票的人也不錯，但她現在希望能做更像女生，又有點與眾不同的工作。

（護理師好像不錯……）

荳荳突然想到。

（但是……）

她立刻想起一件事。

（之前去醫院探視那些士兵時，護理師不是幫他們打針嗎？那個好像有點難……）

「但是，到底有什麼好工作呢……」

她喃喃自語著，突然高興起來。

「我真笨啊，原來早就想好要當什麼了！」

荳荳走去阿泰身旁，阿泰正在教室內點酒精燈，荳荳得意的對他說：

「我以後要當間諜！」

原本看著酒精燈的阿泰抬頭看向荳荳，目不轉睛的看著她的臉想了一下，把視線移向窗外片刻。當他再度看向荳荳時，用宏亮的聲音緩緩對荳荳說：

「間諜要很聰明，而且還要會說很多國家的語言……」

阿泰說到這裡，嘆了一口氣，然後繼續看著荳荳，明確的對她說：

「而且，女間諜要很漂亮才行。」

荳荳漸漸垂下視線，頭也忍不住低了下來。阿泰停頓了一下後移開視線，略帶遲疑的小聲說：

「更何況愛說話的人恐怕當不了間諜……」

荳荳太驚訝了。並不是因為阿泰反對她當間諜，而是阿泰說的一切都很正確，而且都很有道理。

荳荳很清楚，自己沒有任何可以成為間諜的才華，阿泰當然不是故意給她難堪。看來只能放棄當間諜了，她很慶幸自己找阿泰商量這件事。

（但是！）

荳荳忍不住在心裡想。

（阿泰太厲害了！他和我同年紀，竟然知道那麼多事……）

如果阿泰對荳荳說：

「我以後想當物理學家！」

自己到底能夠對他說什麼？

「只要能夠用火柴點燃酒精燈，應該就可以當物理學家……」

但是，這種意見好像太幼稚了。

「只要知道狐狸的英文是fox，鞋子是shoes，應該就沒問題吧。」

這句話似乎也不夠充分。

（阿泰很適合聰明人做的工作。）

荳荳心想，所以，她語氣溫柔的對默默注視著燒瓶內氣泡的阿泰說：

「謝謝你，我不當間諜了，但是你一定可以成為了不起的人。」

阿泰小聲嘀咕了什麼，抓了抓頭，把頭埋進打開的書本中。

（既然不能當間諜，那要當什麼好呢？）

荳荳站在阿泰旁邊，看著酒精燈的火焰思考著。

小提琴

戰爭已經在不知不覺中，給荳荳和其他人的生活帶來了可怕的影響。

幾乎每天都有鄰居的叔叔和哥哥高舉著太陽旗，在眾人高呼：「萬歲！萬歲！」聲中離開，商店內漸漸看不到食物，巴氏學院的便當也無法再堅持要有「山珍和海味」，媽媽們仍然用「海苔和酸梅」當作山珍海味，但過了一陣子後，連海苔和酸梅都很難買到，所有的食物都要配給供應，無論去哪裡，都再也找不到零食和糖果。

荳荳知道放學回家時，只要在前面一站「大岡山」站下車，車站樓梯下方有一台機器，投錢進去，就會有牛奶糖掉出來。小盒的牛奶糖只要五錢，大盒的要十錢。但是，很久之前，那台機器裡就沒有再裝牛奶糖了，所以，即使投錢進去，無論再怎麼拍，都不會有牛奶糖掉下來，只不過荳荳比別人更堅持。

「說不定裡面還剩了一盒。」

「可能在裡面卡到了！」

她抱著這種想法，每天故意提早下車，把五錢或十錢投進去，期待會有牛奶糖掉下來，但每次都聽到硬幣發出「噹！」的聲音掉落下來。

有一次，爸爸從別人那裡聽說，只要去製造武器和其他戰爭用品的軍需工廠用小提琴拉軍歌，就可以帶砂糖、白米和羊羹回家。對普通人來說，應該是天大的好消息，尤其當時爸爸被表揚為「優秀音樂家」，是知名的小提琴家，帶來這個消息的人說，爸爸去演奏的話，一定可以帶很多食物回來。

媽媽問爸爸：

「你要不要去？」

那一陣子，演奏會愈來愈少，再加上有很多人出征上戰場，管弦樂團也無法湊足成員。NHK的廣播節目也幾乎都在報告戰況，很少邀請爸爸和其他人去演奏，所以算是難得的工作。

爸爸聽了媽媽的問題後，思考了很久才回答說：

「……我不想用我的小提琴拉軍歌。」

媽媽說：

「是嗎？那就不要去，食物的問題，總有辦法解決的。」

爸爸知道荳荳最近都無法吃到有營養的食物，也知道她每天都空虛的去轉牛奶糖的販賣機，所以很清楚自己只要去那裡拉一下軍歌，帶一些食物回來，全家人會多麼高興，也可以讓荳荳飽餐一頓。

但是，爸爸更珍惜自己的音樂，媽媽也很了解這一點，所以並沒有要求爸爸：「你只要去拉幾首軍歌就好……」

爸爸一臉難過的對荳荳說：

「荳荳助，真對不起！」

荳荳還不了解藝術、思想或是工作這些事，但她知道爸爸真的很愛小提琴，也因此被家人斷絕了關係，也遭到親戚的排斥，經歷了很多痛苦，仍然沒有放棄小提琴，所以也不希望爸爸拉他不喜歡的曲子。她在爸爸周圍跳來跳去，很有精神的說：

「沒關係！我也喜歡爸爸拉的小提琴！」

但是，荳荳隔天又在大岡山車站下了車，探頭往牛奶糖機器的出口張望，向絕對不可能有任何東西掉下來的出口張望。

約定

吃完便當，大家整理完圍成一圈的桌子和椅子，禮堂頓時變寬敞了。荳荳暗自下定決心，「今天要第一個向校長先生報告。」雖然她每次都這麼想，但只要稍不留神，就有人搶先一步，坐在盤腿的校長先生的兩腿之間，還有兩個人爬上了校長先生的背。

「喂，快下來，快下來！」

校長先生滿臉通紅的笑著說，但那幾個學生一旦霸占了校長的身體，就堅決不肯下來，所以，只要稍微遲疑，個子不高的校長先生的身體就被占滿了。但是，今天荳荳早就下定了決心，所以校長先生還沒到，她就站在那裡……禮堂的正中央等他，當校長先生走過來時，她立刻大喊著：

「校長，我有話要說，我有話要說！」

校長先生盤腿坐了下來，滿面笑容的問：

「妳有什麼話要說呢？」

荳荳打算把從前幾天開始一直思考的事明確告訴校長先生，但是，當校長先生盤腿坐好時，荳荳突然想到「今天不要爬到校長先生身上」，因為她覺得應該面對面和校長先生說話，所以就在校長面前跪坐下來，然後側著頭，微露牙齒，面帶笑容，媽媽從小就稱讚她這個表情「很可愛！」當她很有自信的覺得自己是好孩子時，才會露出這樣的表情。

校長先生把膝蓋向前挪了挪問：

「什麼事？」

荳荳覺得自己就像校長先生的姊姊或媽媽一樣，溫柔且緩慢的對他說：

「等我長大以後，就要當這個學校的老師，我說到做到。」

荳荳原本以為校長先生會笑，沒想到校長先生露出嚴肅的表情問荳荳：

「一言為定？」

校長的表情似乎真的很希望荳荳來當這裡的老師，荳荳用力點了點頭說：

「一言為定！」

荳荳在回答的同時，也告訴自己「我說到做到！真的要來這裡當老師。」

這時，荳荳想起自己第一次來巴氏學園的早晨……雖然感覺像是很久以前的事，她想起一年級的時候，自己第一次在校長室見到校長先生的事。校長先生連續聽她說了四個小時的話，他是唯一願意聽荳荳說四個小時話的大人，當荳荳說完時，校長先生對她說：

「從今天開始，妳是這所學校的學生了。」

校長先生的聲音很溫暖，現在的荳荳比當時更強烈的覺得「我喜歡小林校長」，她決定要為校長先生工作，只要是為了校長先生，她願意做任何事。

校長先生聽了荳荳的決心，像往常一樣，張開少了牙齒的嘴巴，開心的笑了起來。

荳荳把小拇指伸到校長面前說：

「一言為定！」

校長也伸出小拇指。校長的小拇指雖然很短，但看起來很有力，很值得信賴。荳荳和校長先生勾手指約定。校長笑了，荳荳看到校長這麼開心，也放心的笑了。

要當巴氏學園的老師！

這是多麼美好的事。

（如果我當了老師……）

荳荳發揮了想像力，想到很多事。

「不要整天都上課，要常常舉辦運動會、飯盒炊飯和露營，然後還要經常散步！」

小林校長很高興。雖然很難想像荳荳長大的樣子，但他相信荳荳可以成為巴氏學園的老師。他相信每個學生從巴氏學園畢業後，都不可能忘記赤子之心，所以每個學生以後都可以成為巴氏學園的老師。

當時民眾認為美國的飛機載著炸彈出現在日本的領空只是時間早晚的問題，但是，在這所校園內出現電車的巴氏學園裡，校長先生仍然和學生約定了十年以後的事。

洛基不見了

即使有無數士兵死了，即使食物愈來愈匱乏，即使大家都膽戰心驚的過日子，夏天仍然準時現身，太陽為戰勝國和戰敗國帶來相同的陽光。

暑假結束了，荳荳從鎌倉的伯伯家回到了自己家裡。

巴氏學校已經無法再舉行愉快的露營，也無法再去土肥溫泉旅行了，以後恐怕再也無法和學校的同學一起歡度暑假了。今年荳荳和堂兄妹們一起在鎌倉家過暑假時，感覺也和以往完全不一樣了。

每年都會說精采鬼故事，把大家嚇得哇哇大哭的親戚大哥哥上了戰場，所以沒有人再說鬼故事。經常和大家分享在美國的生活，故事內容有趣到令人難辨真偽的伯伯也上了戰場。伯伯名叫田口修治，是優秀的攝影師。

但是，他在擔任《日本新聞》的紐約分社社長，以及《美國大都會新聞》的遠東代表後，卻讓「田口修」這個名字更加出名，他是荳荳爸爸的哥哥，是親兄弟，但荳荳的爸爸從母姓，所以兄弟兩個人姓氏不同，其實荳荳的爸爸也應該稱呼為「田口先生」才對。

伯伯拍的《拉包爾攻防戰》和其他紀錄片都不斷在電影院上演，但因為是從戰地把底片寄回來，所以伯母和堂兄妹都很擔心他的安危。聽親戚的大人說，因為攝影師都要拍攝危險的戰況，必須比部隊先抵達戰場，等待部隊抵達後才能進行拍攝。如果跟在部隊後面，就只能拍到背影。如果沒有道路，就必須在沒有路的地方踩出一條路，在前面或是側面進行拍攝，如果跟在部隊後面走，就無法拍到這種戰爭中的紀錄片。鎌倉的海岸似乎也充滿了不安。

奇怪的是，伯伯家的大兒子寧寧比荳荳小一歲，他睡覺前都會跑來荳荳和其他孩子睡的蚊帳內高呼：「天皇陛下萬歲！」然後倒在地上，假裝是戰死的士兵。他一次又一次認真的模仿，而且每次模仿的晚上，他就會睡得迷迷糊糊，從簷廊掉下去，把大家都吵醒了。

荳荳的媽媽因為爸爸的工作關係，所以和爸爸一起留在東京。

暑假的最後一天，親戚的一個大姊姊剛好要回東京，於是就帶著荳荳一起回來了。

荳荳一回到家，像往常一樣尋找愛犬洛基的身影，但是到處不見洛基的身影。不光是家裡，就連庭院和爸爸種蘭花的溫室中也找不到洛基。荳荳不由得擔心起來，平時荳荳快進家門時，洛基就會從家裡衝出來……

荳荳走出家門，沿途叫著洛基的名字，一直找到大馬路上，但都沒有看到熟悉的眼睛、耳朵和尾巴。荳荳猜想洛基可能在自己出門時回家了，所以又跑回家裡，洛基還沒有回來。荳荳問媽媽：

「洛基呢？」

媽媽知道荳荳從剛才就四處尋找洛基，但是她並沒有回答荳荳。荳荳拉著媽媽的裙子問：

「媽媽，洛基呢？」

媽媽難以啟齒的說：

「不見了。」

荳荳難以置信。

（不見了？）

「什麼時候？」

荳荳看著媽媽的臉問道。

媽媽一臉難過，似乎不知道該怎麼辦。

「妳去了鎌倉後，牠很快就不見了。」

然後，媽媽又急忙補充說：

「我們找了很久，問了很多人，也去很遠的地方找過了，但都找不到牠。媽媽一直在思考，不知道該怎麼對妳說……真對不起……」

這時，荳荳清楚的知道一件事。

洛基死了。

（雖然媽媽不想讓我難過，但洛基死了。）

荳荳心裡很清楚。以前即使荳荳出遠門，洛基也不會走遠，因為牠知道荳荳早晚會回來。

（洛基絕對不可能不告而別。）

荳荳對此深信不疑。

荳荳沒有再對媽媽說任何話，因為她已經充分了解媽媽的心情。她只是低著頭說：

「不知道牠去了哪裡。」

荳荳努力說完這句話，立刻衝回二樓自己的房間。沒有洛基的家裡好像不是自己的家，荳荳一衝進房間，拚命忍著淚水，再度思考著自己是否做了什麼對不起洛基的事，或是會讓牠離家出走的事。

小林校長總是對巴氏學園的學生說：

「千萬不可以欺騙動物，因為動物相信你們，如果背叛牠們，動物未免太可憐了。千萬不要對狗說：『如果你伸出手，我就給你吃東西』，結果狗伸出手了，卻什麼都不給牠。之後，狗就不會再相信你們，性格也會變得很壞。」

荳荳遵守了這件事，所以她從來沒有欺騙過洛基，也沒有做過任何對不起牠的事。

這時，荳荳看到放在地上的熊娃娃的腳上黏到的東西，終於忍不住放聲哭了起來。熊娃娃的腳上黏到了淡棕色的毛，那是荳荳出發去鎌倉的那天早上，在這裡和洛基嬉戲時，洛基身上掉落的毛。

荳荳握著那幾根牧羊犬的毛哭了很久、很久，她淚流不止，哭泣不已。

繼泰明之後，荳荳再度失去了好朋友。

茶話會

巴氏學園內很受歡迎的工友阿良要出征了。雖然他比學生年紀大很多，已經是叔叔了，但大家都很親切的叫他：

「阿良！」

阿良無所不能，當大家有難時，他總是立刻現身幫忙。雖然他沉默寡言，總是面帶微笑，但他每次都知道遇到困難的學生需要什麼。荳荳之前不知道糞坑的水泥蓋子開了，從遠處跑過來用力一跳，結果掉入糞坑，水肥一直淹到胸口時，阿良立刻來救她，沒有皺一下眉頭，就把她沖乾淨了。

小林校長先生說，要為即將出征的阿良舉行茶話會。

「茶話會？」

那是什麼？大家都興奮不已，因為知道以前不知道的事很興奮。學生們當然不可能知道校長先生故意不說「歡送會」，而是說「茶話會」的用心。

如果說歡送會，一些高年級的學生就會感受到離別的悲傷，由於大家都不知道「茶話會」是什麼，所以都很興奮。

放學後，小林校長在禮堂內要求大家像在吃便當時一樣，把桌子圍成一圈。等大家都坐好後，小林校長發給每人一條烤過的魷魚絲。這在當時是很稀罕的珍品。校長和阿良並排坐下後，把一小杯酒放在阿良面前。那是出征的人才可以領到的酒。校長先生說：

「這是巴氏學園第一次茶話會，要玩得開心點。大家有什麼話要對阿良說，就盡情的說吧。不光是阿良，如果有話要對其他同學說也可以，每個人都輪流站到中間來說話。好，開始吧。」

這是第一次在學校吃烤魷魚，阿良也是第一次和大家坐在一起，大家更是第一次看到阿良喝酒。

大家輪流面對阿良，把想要對他說的話說了出來。最初的幾個人都只是說：「等你回來」或是「多保重」，但聽到荳荳班上的右田說：「下次我去鄉下帶葬禮饅頭給大家吃！」大家都捧腹大笑起來。（因為右田從一年前就一直說之前去鄉下吃到的葬禮饅頭實在太好吃了，還經常說要帶給大家吃，但是他從來沒有帶來過。）

校長先生聽到右田提到「葬禮饅頭」時緊張了一下。因為這句話有點不吉利，不過，右田表現出「想要帶好東西給大家吃」的態度時，表情很天真，所以校長也跟著大家笑了起來。阿良也笑翻了，因為右田也曾經對他說過好幾次「下次帶給你吃」。

大榮發誓：「我要成為日本最了不起的園藝家。」他的爸爸是等等力一家大園藝店的老闆。

青木惠子不發一語的站在那裡，像往常一樣害羞得笑了笑，然後又默默鞠了一躬，回到座位。荳荳多管閒事的走到中間替她補充說：

「我上次看到惠子家的雞飛到天上。」

天寺同學說：

「如果有受傷的貓和狗，記得送來我家，我會治好之後還給你們。」

高橋俐落的從桌子下鑽了出去，站在中間，很有精神的說：

「阿良，謝謝你為我們做了很多事，全都謝謝你。」

稅所愛子說：

「阿良，上次我跌倒時，你幫我用繃帶包紮，謝謝你，我不會忘記的。」

稅所同學的舅公就是在日俄戰爭中赫赫有名的東鄉元帥，也是明治時代宮內省御歌所的詩人稅所敦子的親戚。（但是稅所同學自己從來沒有向大家提過這些事。）

美代是校長先生的女兒，所以她和阿良最熟。或許是因為這樣的關係，她的眼眶中含著淚水說：

「阿良，你要多保重，我會寫信給你。」

荳荳有太多話要說，不知道該說哪一件，但最後終於決定了。

「阿良，即使你走了以後，我們也會每天開茶話會！」

校長先生和阿良都笑了，大家也跟著笑了起來，連荳荳自己也笑了。

但是，從第二天開始，荳荳說的話成真了。只要一有空，大家就會三五成群的舉行「茶話會」，咬著樹皮代替魷魚絲，小口喝著杯子裡的水假裝是酒，然後調侃說：

「我會帶葬禮饅頭給大家吃。」

大家哄堂大笑後，分享各自的心情。即使沒有食物，茶話會仍然是一件開心的事。

「茶話會」是阿良留給巴氏學園美好的禮物。當時大家都沒有想到，茶話會竟然成為之後大家分離前，最後一個彼此進行心靈交流的快樂遊戲。

阿良搭著東橫線出發了。

親切的阿良離開後，美國的飛機很快就出現在東京的上空，每天都投下無數的炸彈。

再見、再見

巴氏學園燒毀了。

事情發生在晚上，住在學校後方的美代、美代的姊姊美幸，和美代的媽媽都逃到九品佛池畔的巴氏農園，躲過了一劫。

B29 飛機不停的把燒夷彈投在巴氏學園電車校舍的上方。

曾經是校長先生夢想的學校陷入一片火海，學校內沒有了校長最愛的孩子們的笑聲和歌聲，而是校舍發出可怕的聲音後應聲而倒。無情的火燒毀了學校，自由之丘到處都是火舌蔓延。

校長先生站在馬路上，看著巴氏學園被燒毀。他像平時一樣，穿著有點皺巴巴的三件式黑色西裝，雙手插在上衣口袋裡。校長先生看著熊熊大火，問身旁的兒子——已經就讀大學的巴說：

「下次要建一座怎麼樣的學校？」

巴很驚訝的聽著小林校長的話。

小林校長對學生的愛，對教育的熱情，比眼前的熊熊大火更激烈。

校長並沒有被擊垮。

那時候，荳荳坐在擠滿人的疏散列車上，擠在大人中間睡著了。列車正前往東北。

荳荳記得臨別時，校長說的話：

「我們還要再見面！」

還有校長先生一直對她說的話——

「妳真的是個好孩子！」

（……我永遠不要忘記這句話。）

荳荳剛才看著漆黑的窗外想道，然後告訴自己「反正很快又可以見到小林校長了」，於是就安心的睡著了。

列車載著不安的人們，轟隆隆的行駛在黑暗中。

後記

寫下巴氏學園的事，是我多年來一直想要做的事，感謝各位的閱讀。

書中所寫的一切，都不是杜撰的故事，而是確有其事。很幸運的，我還清楚記得很多事。我曾經和小林校長約定過兩件事。第一件事，是我一定會寫巴氏學園的故事，另一件事，就是在本書〈約定〉那一章中所提到的，「等我長大之後，要當巴氏學園的老師」；但是，我並沒有實現那個當老師的約定，所以，希望至少能夠具體寫下有這樣一位小林校長，他是多麼關愛學校的孩子，又是如何教育這些孩子。

令人難過的是，小林校長在昭和三十八年（一九六三年），也就是十八年前去世了。如果他還活著，我還可以向他學習史多各種不同的知識，實在太遺憾了。

當我開始動筆之後，從兒時對巴氏學園的愉快回憶中，發現「原來小林校長的用意在這裡！」或是「原來校長想得那麼遠……」每每令我驚訝和感動，也更加感激不已。小林校長持續對我說的那句「妳真的是個好孩子」，曾經帶給我無窮的力量。如果我沒有進入巴氏學園，沒有遇見小林校長，恐怕無論做什麼，都會被貼上「壞孩子」的標籤，對自己感到自卑，不知道該怎麼辦，就這樣逐漸變成了大人。

巴氏學園在昭和十九年（一九四四年）的東京大空襲時付之一炬，那是小林校長用私人財產創立的學校，所以重建花了很長的時間。戰後，校長在原址成立了幼稚園，同時協助創立了國立音大的保育系（目前的幼兒教育系），並在國立音大教韻律課。他在附屬小學成立時，也提供了協助。但是，校長在完成自己多年的夢想和理想——重建一座自己的小學之前，就在六十九歲那一年離開了人世。

以前巴氏學園所在的位置，距離東橫線自由之丘車站走路大約三分鐘，也就是位在現在的孔雀超市和停車場。雖然我知道一切早就面目全非，但我還是曾經無法克制內心的思念，舊地重遊，特地開著車子前往超市停車場一帶，想要看看以前曾經是電車教室和操場的地方。沒想到停車場的管理員看到我的車子，立刻大叫：「停滿了！停滿了！不可以進來！不可以進來！」

「不，我是在懷念我的小學。」我很想這麼告訴他，但是應該沒有人能夠理解我的想法，所以就匆匆離開了。我開著車，突然感到悲從中來，眼淚就這樣撲簌簌的流了下來。

日本有很多優秀的教育家，都充滿了理想、夢想和愛，但我深刻體會到，要真正落實在教育上，並不是一件容易的事。小林校長在創立巴氏學園之前，也曾經研究了好幾年，直到昭和十二年（一九三七年）他才正式創立這所學校。沒想到還不到昭和二十年（一九四五年）學校就付之一炬，真的太短暫了。

我就讀的期間，是校長先生最充滿熱情，也是校長的教育方針開花的時期，所以我很幸運。一想到如果沒有戰爭，不知還有多少學生可以接受小林校長的教育後才踏上社會，心裡就覺得難過不已。

本書中也一再提到，小林校長的教育方針是「每個孩子天生具備了優良的資質，只是在成長的過程中，受到周圍環境和大人的影響而遭到破壞，所以必須及時發現這些『優良資質』，加以發揚光大，把孩子培養成有個性的人」。

校長先生喜歡自然，認為應該讓孩子的性格自由發展。他也熱愛大自然，聽他的小女兒美代說，小時候校長經常說：「去大自然中尋找旋律。」然後帶她出門散步。

校長總是帶她去有高大樹木的地方散步，觀察著風吹動樹葉和樹枝的樣子。觀察完這根樹枝，再繼續觀察上面的樹枝和樹葉，以及和樹幹的關係，還有風變強變弱時，樹葉的晃動有什麼不同……他總是仔細觀察這些事，如果沒有風，就一直抬頭仰望著。他不光觀察樹，去河邊時也一樣，當他去附近的多摩川時，總是不厭其煩的觀察河水的流動。

可能有人會懷疑，在那場戰爭期間，為什麼文部省和政府允許那樣的小學存在。雖然事到如今，詳情已不得而知，唯一確定的事，是小林校長討厭宣傳，用現在的話來說，就是討厭媒體。即使在戰前，他也沒有讓媒體拍過一張學校的照片，或是宣傳「我們的學校和別人的不一樣」，所以，這種學生不到五十人的小學校才得以不為人知的生存了下來。

我們這些巴氏學園的學生不分年級，至今仍然在每年的十一月三日，也就是當年舉行運動會的日子，聚集在九品佛寺院的某個房間，度過愉快的一天。大家都已經四十多歲，即將邁入五十大關，有的帶著兒女前來，有「朔子」，有「大榮」，一切彷彿回到了當年。這也是小林校長留給大家的禮物。

在就讀巴氏學園前，我的確被之前的小學退學了，至於叮咚廣告人的事和課桌蓋的事，我已經記不太清楚，都是從母親口中得知的。聽了之後，我不禁暗想「真的嗎？我不記得自己當時這麼不守規矩。」但是五年前，我在錄製朝日電視的「奈良和晨間秀」這個節目時，見到了一位神秘嘉賓，她竟然是我退學那所學校一年級隔壁班級的班導師。聽了那位女老師的話，我太震驚了。

老師說：

「徹子小姐是隔壁班的學生，上課時我若要回教師辦公室，就會讓班上的同學自習。那時，幾乎每天都看到妳站在走廊上。當我經過，妳就會叫住我，然後問我：

『老師，我被罰站了，為什麼？』

『老師，我做了什麼壞事？』

『老師，妳討厭叮咚廣告人嗎？』

我都不知道該怎麼回答。之後，即使我有事要回辦公室，都會先打開門看一下，只要看到妳在走廊上，就乾脆不去辦公室了。妳的班導師經常在辦公室對我說：『真不知道她為什麼會那樣。』所以，當我在電視上看到妳時，一看名字，就知道是妳。雖然已經是陳年往事了，但妳讀一年級時的事，至今仍然歷歷在目……」

（我被罰站了？）我完全不記得這些事，所以感到很驚訝。但是我想像著清早來到電視台，滿頭白髮，看起來很親切溫柔的老師年輕時的身影，和自己雖然被罰站，卻仍然不忘發揮「好奇徹子」的本領問東問西的樣子，不由得覺得好奇，同時也接受了自己果真遭到退學這件事。

在此，我想要由衷感謝我的母親，因為在我二十歲之前，她都沒有向我提過「退學」這件事。

在我滿二十歲後的某一天，母親突然問我：

「妳知道那時候妳為什麼突然換學校嗎？」

「嗯？」我納悶的問，母親一派輕鬆的回答：「你換學校其實是因為妳被學校退學了。」

如果在我一年級的時候，母親對我說：「現在怎麼辦？妳竟然被退學了！如果去了新的學校，又被退學的話，真的沒學校可以讀了！」那麼，我第一次踏進巴氏學園時，恐怕會很沮喪，也會很心驚膽戰，看到長了樹根的門和電車教室時，也不可能感到開心。感謝母親用這種方式教育我，我很幸福。

因為當時正值戰爭期間，所以並沒有巴氏學園的照片，在為數不多的照片中，畢業典禮的照片看來最有趣，所有畢業生都站在禮堂前方的階梯前準備拍畢業照。

「拍照了！拍照了！」當畢業生排排站好時，在校生也搶著入鏡，這裡擠了一個，那裡又擠了一個，結果根本不知道誰才是真正的畢業生，如今聚會時，大家都會圍在一起研究，「這是哪一班畢業的時候拍的？」小林校長在這種時候從不干涉大家，可能認為讓學生自由入鏡比較好，現在反而覺得，這種照片最富有巴氏學園的特色。

有時候我忍不住想，如果巴氏學園至今還在，恐怕就不會有拒學的孩子了。因為在巴氏學園，即使放學之後，大家也都不想離開，而且第二天早晨，大家都迫不及待的想要趕快上學。巴氏學園就是一所這樣的學校。

曾經和我在同一間電車教室中「旅行」的同學，之後各自有了什麼發展？以下簡單介紹他們的近況如下：

高橋（高橋　彰）

在運動會上總是囊括所有冠軍的高橋，雖然身高仍然和小學低年級時一樣，卻順利進入久我山高中（橄欖球強校），之後，他又進入明治大學電力工學院，並且順利畢業。

目前在濱名湖畔的安藤電器株式會社擔任「特助」的重要職位，促進公司內部人際關係的和諧，因此，經常需要傾聽大家的辛苦和煩惱，解決問題。高橋擅長感同身受的了解他人的痛苦，才能夠順利擔任這個工作，而且，他開朗、富有魅力的性格也發揮了很大的作用。同時，他還負責指導晚輩妥善使用ＩＣ大型機器的技術。

在撰寫本書時，我前往濱松，見到了高橋和高橋的太太。高橋太太溫柔婉約，很了解高橋，也對巴氏學園的事瞭若指掌，好像她也曾經在那所學校就讀。高橋告訴我，「我真的從來沒有對身體的缺陷感到自卑」。我也完全同意，如果他感到自卑，恐怕很難考上他就讀的高中、大學，更不可能擔任促進人際關係和諧的工作。

高橋談到「第一次踏進巴氏學園」的事也令人印象深刻，他說，『看到有其他同學像我一樣，就感到很安心』，因此，他從第一天開始就很安心的踏進巴氏學園，之後每天都快快樂樂上學，從來沒有翹過課。在游泳池脫光光游泳時，雖然一開始感到害羞，但把衣服一件一件脫下後，羞恥心也好像一層一層剝了下來，即使光著身子站在別人面前，也絲毫不感到害羞。

跳箱時，小林校長對比跳箱矮了一大截的高橋說：「沒問題，你一定可以跳過去！你絕對可以！」在高橋跳躍的時候，雖然在最後關頭校長還是伸手協助，卻讓高橋覺得是他自己完成的，也讓他對自己產生了自信。當高橋跳過去的時候，內心的興奮難以用言語形容。每當高橋想要退縮時，小林校長就會努力讓他有表現的機會，所以高橋不得不積極參與。當然，他也清楚記得自己在運動會上的出色表現和內心的喜悅。

高橋露出和小學時相同的炯炯眼神，用深沉的聲音，不斷和我分享巴氏學園的事。

高橋的良好家庭教育，也讓高橋的性格愈來愈吸引人。小林校長的教育注重的不是眼前，而是學生未來數十年的人生。

如同校長不斷告訴我「妳真的是個好孩子」，高橋一定也是因為校長先生那句「你絕對可以做到」，讓他克服了人生路上的重重障礙。

在濱松和他們道別時，高橋提到了我完全不記得的事……

巴氏學園的高橋經常被外校的學生欺負，垂頭喪氣的走進學校，我經常問他：「你怎麼了？誰欺負你？」然後就衝出學校，不一會兒跑回學校對他說：

「高橋！已經搞定了。」

高橋在臨別時再度告訴我：「當時，我真的很高興。」

高橋，謝謝你還記得這些我早已忘記的事。

美代（金子美代）

美代是校長先生的第三個女兒，從國立音樂大學教育系畢業後，目前在國立附屬小學當音樂老師。「我想教年幼的孩子」，她基於和小林校長相同的想法，投入小學的教育工作。小林校長參考了美代在三歲左右時，能夠配合音樂的旋律走路、活動身體，開始學會表達很多事，然後和我們這些學生接觸。

朔子（松山朔子）結婚後改名為齋藤朔子

第一天見到朔子時，她穿著兔子背心裙。有著一雙大眼睛的朔子，輕輕鬆鬆考上了當時的明星學校之一，都立第六高中（目前的三田高中），之後又考進東京女子大學英文系。畢業後，朔子在御茶水的YMCA教小學生英語，一直持續至今。尤其在夏令營時，她充分發揮了當年在巴氏學園的經驗。

前往攀登有日本阿爾卑斯山之稱的穗高山時，朔子遇見目前的丈夫，兩人步入禮堂。目前有一個就讀大學三年級的兒子，為了紀念穗高，她為兒子取名為保高。

阿泰（山內泰二）

揚言不娶我的阿泰，現在是日本物理學界具有代表性的學者，目前住在美國，是「外流人才」之一。

他在東京教育大學理學院物理系畢業，並在該校研究所讀完碩士後，申請到傅爾布萊特的獎學金，前往美國當交換學生，五年後，在羅徹斯特大學讀完博士，留在該校，持續進行高能量實驗物理的研究工作，目前在位於美國伊利諾州、被認為是世界上最大，而且是物理界無人不知的「費米國立加速研究所」擔任副所長。該研究所是美國五十三所大學的菁英成立的研究所，有一百四十五位物理學家，和一千四百多名技術人員在那裡工作。他在那裡擔任副所長，而且兼任物理部長，可見阿泰真的是天才。該研究所在四年前成功運轉了五千億電子伏特的能量，受到了全世界的矚目。最近，阿泰和哥倫比亞大學的教授共同發現了「Y介子」，有人認為那是諾貝爾獎級的重大發現。我認為他日後一定可以得到諾貝爾獎。他太太也是畢業於羅徹斯特大學的才女，在數學方面有很深的造詣。

這對分別在物理和數學方面很有成就的夫妻建立了一個藝術家庭，他們偶爾會和兩個兒子一起，一家人分別彈鋼琴、拉大、小提琴，用各自擅長的樂器舉行家庭演奏會。

阿泰原本就很聰明伶俐，無論去哪一所學校，也許都會有今天的成就，但在巴氏學園，早晨去學校後，「可以先學自己喜歡的科目」，這種教育方式讓他能夠充分發揮專長。因為我只記得阿泰在上課時，不是站在酒精燈、燒瓶和試管旁，就是坐在自己的座位上，看科學和物理書籍。

大榮同學（大榮國雄）

大榮因為拉了我的辮子而挨了小林校長的罵，但在高橋的「尾巴」那件事上，他和我分享了一個很棒的消息。

大榮目前是日本屈指可數的「東洋蘭鑑定師」，聽說一株東洋蘭有時候價值數千萬圓，因此，需要「鑑定師」加以鑑定。東洋蘭的銷售和培養都很困難，但大榮在這方面有很深的造詣，所以經常搭機、搭火車在全日本四處奔波。

為了寫這篇後記，我用電話聯絡了出差剛回到家的大榮。

我：「你之後讀哪所學校？」

大榮：「哪兒都沒讀啊。」

我：「都沒讀，所以只讀了巴氏學園？」

大榮：「對啊。」

我：「啊？你沒有讀初中？」

大榮：「喔，疏散到大分時，去大分中學讀了一陣子……」

他輕描淡寫的說道。他的父親在戰前是等等力的大園藝店「贊花園」的老闆，在戰爭期間，家產全都燒毀了。但是大榮始終保持著開朗的性格。我們在電話中繼續聊天。

大榮：「對了，妳知道什麼花最香嗎？我覺得中國的『春蘭』最香，任何香水都不及春蘭的香氣。」

我：「春蘭很貴嗎？」

大榮：「嗯，有貴的，也有便宜的。」

我：「東洋蘭是怎樣的花？」

大榮：「東洋蘭是一種內斂的花，但這正是她的優點。」

他和以前在巴氏學園時完全一樣，聽著他慢條斯理的說話聲，我不由得感動莫名。

大榮雖然沒有讀完中學，但他並不感到自卑，因為他自己研究、發展了專長，投入自己真正喜愛的工作，而且因此產生了自信。

天寺同學（天寺和男）

天寺喜歡動物，小時候夢想成為獸醫，擁有自己的牧場，但是他因為父親早逝，所以不得不放棄夢想，從日大的獸醫畜產專科學校轉到慶應醫院工作，目前在自衛隊的中央醫院負責臨床檢查的工作。

稅所同學（結婚後改為田中愛子）

稅所同學的舅公是東鄉元帥，原本就讀青山學院的小學部，中途轉來巴氏學園。她在我們眼中是「溫柔嫻淑的千金小姐」。當時她的父親在陸軍擔任近衛三連隊的少佐，已經在滿州事變中戰死了。她從鎌倉女子高中畢業後，和目前的建築師丈夫結了婚，目前她的長子也在建築公司工作，次子也已經找到了工作，她正享受著吟詩寫歌的生活。

「妳身上果然也流著和稅所敦子相同的血液？」我對她說。

「哪有這回事啦，啊呵呵呵。」

我又說：「妳的謙虛文靜和以前在巴氏學園時一模一樣！」

稅所立刻回答說：「我還維持著當年演弁慶時的身材哦！」

我可以想像她的家庭很溫暖。

右田昭一

以葬禮饅頭打響名號的右田同學從都立園藝學校畢業後，仍然想繼續精進小時候曾經喜愛的繪畫，所以又讀了武藏野美術大學設計系，目前和朋友一起開了一家設計公司。

青木惠子（目前叫桑原惠子）

惠子家養了會飛上天的雞，和在慶應義塾幼稚舍的老師結婚，已經慶祝了銀婚！她的女兒也已經結婚了。

還有之後才進入巴氏學園的同學坂本敏子（目前叫菅敏子），從香蘭女子學校畢業後，在梅·牛山好萊塢美髮沙容擔任資深美髮師。

渡邊義治

神奈川大學畢業後，成為上班族。

在此也介紹一下小林宗作校長的簡歷。

小林宗作（本名．金子宗作）

明治二十六年（一八九三年）六月十八日，出生於群馬縣吾妻郡，從小熱愛音樂，總是在榛名山山麓的門前河畔揮著指揮棒玩耍。他生長在農家，家中有六個兄弟姊妹，他排行老么，家境並不富裕。

小學畢業後，小林校長成為代課老師，更通過鑑定考試，考取了教師證（小學畢業就參加鑑定考試，他一定很優秀），來到東京。在牛込小學擔任教師的同時學習音樂，終於如願考取東京音樂學校（目前的藝大）師範系。畢業後，在成蹊小學擔任音樂教師。這所學校的創始人中村春二的教育方針對小林校長產生了很大的影響。

中村春二是很優秀的人，認為「教育必須從小學做起！」而且每個班級的人數絕對不可以超過三十人，更同時提倡了自由教育，尊重孩子個性的教育方針。比方說，只有上午授課，下午讓學生散步、採集植物、寫生、聽老師說故事、唱歌，這些都是小林校長之後在巴氏學園所貫徹的方針。

小林校長在成蹊小學時代的學生井上園子和野邊地瓜丸，兩位日後都成為鋼琴家。

小林校長在成蹊小學時，為學生編寫了一齣輕歌劇，並得到了這所獨特學校的創始人的山田耕筰等多位藝術家在經濟上的援助。三菱財團的岩崎小彌太男爵（創立伊麗莎白．山德斯之家的澤田美喜的父親的堂兄）觀賞後深受感動，提出願意出資讓小林校長前往歐洲視察教育。

當時，小林校長正在為音樂教育和兒童教育陷入煩惱，所以欣然接受了這個提議，在大正十二年（一九二三年），校長先生三十歲時，第一次前往歐洲留學。

之後，正如在「韻律訓練」那一章中所介紹的，小林校長前往對世界各地都產生很大影響的達爾克羅茲位在巴黎的學校，直接向達爾克羅茲學習，並參觀了很多其他學校，兩年後回到日本。回國之後，小原國芳對小林校長的幼兒教育產生共鳴因而和小林校長一起創立了成城幼稚園，之後，小原先生創立了玉川學園，小林校長創立了巴氏學園。

在成城幼稚園時，小林校長要求老師「不必要求孩子配合老師的計畫，讓他們走進大自然，孩子的夢想比老師的計畫更遠大。」小林校長在這裡創立了一所和傳統的幼稚園完全不同的幼稚園。

昭和五年（一九三〇年），小林校長第二次出發前往歐洲，因為他在實際教學之後，發現需要再度學習韻律學，於是再度去向達爾克羅茲學習，在視察多所學校後，決心要創立自己的學校，一年後回到日本。

昭和十二年（一九三七年），創立了巴氏幼稚園和巴氏學園（小學），並設立了日本韻律協會。

雖然有很多人知道小林校長是「在日本推廣韻律學的人」，也有人從事相關的研究，但除了我們這些學生以外，只剩下很少人了解他在兒童教育方面的具體事例。三年前，小原老師去世了，本書中出現的丸山老師，以及和老師一起向達爾克羅茲學習韻律的石井漠先生也都已經離開人世。

聽說小林校長戰後所教的學生中，有人覺得他是「沉默寡言的人」。回想在巴氏學園期間，校長先生那麼健談，就不由得想像校長是否在戰後經歷了很多悲傷的事。想到這裡，我也不由得悲從中來。小林校長在巴氏學園付之一炬後，曾經擔任國立幼稚園的園長和國立音大的講師，但他在再度創立另外一所像巴氏學園那樣的小學之前，就離開了人世，在看著被空襲燒毀的巴氏學園，問兒子「下次要建怎樣的學校？」的那份熱情再度實現之前，就離開了人世。

這是關於小林校長很簡單的經歷。如果有更多篇幅，還可以介紹他曾經在東洋英和女子學院、石井漠舞蹈學校、都立幼兒師範培訓中心等任教多年。另外，女明星池內淳子女士是巴氏幼稚園的畢業生，女明星津島惠子女士也是我在巴氏學園的學姊。

後記寫得有點長，但為了讓大家更進一步了解小林校長，我還要再補充一些事。目前我主持朝日電視台的「徹子的房間」這個節目的導播是佐野和彥先生，他從藝大樂理系畢業，在電視台工作的同時，也教兒童音樂，在教學過程中，漸漸產生了一些疑問。這時，他聽說「之前有一位名叫小林宗作的優秀教育家」，於是無論如何都想要了解小林宗作是怎樣進行教學，也想知道他是怎樣一個人，這十年來，拜訪了很多國立地區相關人士了解情況，進行了深入的研究，卻還是無法具體了解他是用怎樣的方式和學生接觸。

有趣的是，我在主持「徹子的房間」之前，也曾經多年擔任談話性節目的主持人，那時候就認識佐野先生，所以和他差不多有十年的交情，只是我完全不知道佐野先生在調查小林校長的事，佐野先生也知道我曾經是「一位出色的校長先生的學生」，但做夢也沒有想到，那個人就是小林校長。在我開始寫荳荳的故事時，他突然得知了這件事，興奮的跳了起來說：

「沒想到踏破鐵鞋無覓處，得來全不費工夫……」

佐野先生是因為當初遇到了小林校長在教韻律訓練時那位為小孩子伴奏鋼

琴的女士，才開始認真調查小林校長的事。那位女士把小林校長當初對她說的話轉告了佐野先生。

「我告訴妳，小孩子並不是這樣走路的。」小林校長提醒她，她根本不了解小孩子的節奏。佐野先生就是因為這句話，開始研究小林校長。我很期待能夠藉由佐野先生細心的調查，讓大家更進一步了解小林校長的事。

出征的工友阿良健健康康的回來了，每年十一月三日，他都會來參加我們的聚會。

之所以會為本書取名為《窗邊的小荳荳》，是因為我著手寫這本書時，開始流行「窗邊族」這個字。「窗邊族」帶有遭到排斥，已經不是職場上第一線實力派的意思。剛上小學時，我為了等叮咚廣告人，總是站在窗邊，在最初的學校時，我也的確有一種遭到排斥的感覺，因此取了這個書名，至於「荳荳」的來由，已經在書中說明了。

本書能夠問世，必須感謝為本書畫了很多美麗可愛插圖的岩崎知弘女士。

很遺憾的是，知弘女士在七年前去世了，她留下了約七千幅出色的作品。

眾所周知，知弘女士是兒童畫的天才，全世界很少有畫家筆下的兒童可以像她畫得那麼生動活潑。她可以畫出小孩子所有的姿勢，也可以用畫筆區分出六個月和九個月的嬰兒，她總是關心兒童，希望所有的兒童都能夠得到幸福，我曾經希望日後寫巴氏學園的書中，搭配知弘女士的畫。那是我的夢想，我的夢想實現了，這是多麼令人高興的事。

由於我的文章和知弘女士的畫實在太配了，聽說有人納悶「是不是知弘女士在去世之前畫的？」可見知弘女士畫了各種孩子，畫了很多充滿童趣的兒童。

要寫滿相當於《窗邊的小荳荳》一本書分量的文章並不容易，為了每個月都能夠逼迫自己截稿，所以從一九七九年二月到一九八〇年十二月為止的兩年期間，都在講談社的《年輕女性》這本雜誌上連載，然後再匯集成冊。

因此，我每個月都會前往練馬區下石神井的岩崎知弘繪本美術館（我也在那裡擔任理事），和知弘女士的兒子，也在美術館擔任副館長的松本猛先生和他太太由理子女士的協助下，挑選搭配的畫作。連續兩年期間，每個月前往的確很辛苦，但也因此有機會看到很多原作，是一件很快樂的事。

這兩位年輕人欣然同意我使用知弘女士的畫作，在此也要由衷的感謝知弘女士的丈夫松本善明先生。同時，也要感謝這家美術館的館長、劇作家飯澤匡先生，他在我拖拉磨蹭時經常激勵我：「妳要趕快寫小學的事，寫那位校長先生的故事！」

當然，也要感謝美代和巴氏學園各位同學的協助。

另外，更感謝講談社的加藤勝久先生。二十年前，當我在《婦女公論》上寫了一篇關於巴氏學園的隨筆時，他立刻眼尖的發現，並帶了很多兩百字的稿紙來找我，希望連「山珍、海味」都搞不太懂的我可以寫成一本書。當時的我，除了學校的作文以外，幾乎很少書寫，加藤先生為我帶來了「自信」，和「有朝一日，一定要寫巴氏學園！」的希望。加藤先生當時還是一位精悍的年輕人，相隔二十年再見面，發現他精悍依舊，但已經是出版社的高階主管。雖然當時我收下他帶來的稿紙，結果卻用於他途，一直對這件事耿耿於懷。二十一年後，終於出版了這本書，實在太高興了。

在《年輕女性》連載的兩年期間，責任編輯長澤明先生辛苦了。同時，要感謝講談社的岩本敬子小姐，在《窗邊的小荳荳》連載結束，終於要集結成冊出版時，她對我說：「一定要做成一本出色的書！」而且也投入了很多心力，能夠和心靈相通的人共事是無上的幸福。

負責本書裝幀的和田誠先生是一個和藹可親的人，至今為止，我所有的書都是由他負責裝幀。

《窗邊的小荳荳》終於完成了，雖然巴氏學園已經不在了，但是在各位閱讀本書期間，如果巴氏學園能夠在各位的腦海中重現，那將是我最大的快樂。萬分感謝。

一九八一年——今天的報上刊載了新聞，為了避免學生在畢業典禮上毆打老師，所以派了警官駐守學校。

攝於 1981 年

攝於第一所小學遠足時

改訂版的後記

至今仍然有人叫我荳荳。之前去西非的象牙海岸共和國視察的時候，很遺憾在那裡發生了嚴重的車禍。我的車子雖然沒問題，但回到日本後，才知道報紙上刊登了「荳荳千鈞一髮的危機」的報導。

我很高興聽到別人叫我荳荳，《窗邊的小荳荳》這本書是在一九八一年，也就是剛好二十七年前出版，荳荳這個名字也是從那時候第一次出現。

直至今日為止，有很多讀者看了這本書，從三歲的小孩子到一百零三歲的國文學家，各種不同年齡的人，都曾經看過這本書，同時，也翻譯成各種語言出版。英文、法文、德文、俄文、中文（因為中國很大，所以北京、上海和四川等各大都市的多家出版社都曾經出版）、阿拉伯文、越南文、泰文、韓文、台灣、香港（回歸之前）、孟加拉文、西班牙文等三十五個國家的文字，幾乎都是我不會的語言。也有像波蘭那樣，已經完成了翻譯工作，但因為國情等因素的關係，導致出版計畫拖延。

同時，許多國家的學校教科書、大學教材和教師用的資料中都廣泛使用荳荳的故事。日本小學三年級的國語教科書使用了〈種田老師〉這篇文章很多年，目前社會教科書、學校的試題、教師使用的教材等各種教育機構也都大量運用，每次都要求我授權，提供給他們使用，光是這十年期間，我就簽了六十四份授權書。但是在試題中使用《窗邊的小荳荳》幾乎都是事後才通知我，可能擔心我會洩題吧。

經常有人對我說，真希望巴氏學園健在。最近經常看到父母和孩子的悲慘事件，每次我都會忍不住想道，如果小林宗作校長先生至今還活著，不知道會有多麼難過。這些年，有ＬＤ（日本翻譯成學習障礙）症狀的孩子愈來愈多，應該說，是最近才發現有ＬＤ的問題存在。

ＬＤ的書上幾乎都會提到我的名字，可能是因為研究ＬＤ的學者和研究人員看了《窗邊的小荳荳》後，認為我退學那段往事，似乎有ＬＤ的傾向，所以，經常可以看到這些書在後記中提到，即使小時候有ＬＤ，長大之後，也可以變成像黑柳女士這樣的大人，請大家多努力。即使沒有提到黑柳的名字，也會寫『在電視等領域很活躍，成為聯合國兒童基金會親善大使的K女士』，從英文縮寫就可以知道是在說我。

我並不認為自己有LD，但在看了幾本LD的書之後，我認為巴氏學園的教育很適合有LD問題的孩子。在這一點上，我也很感謝小林校長。

我之所以會接觸LD的問題，是因為一位日本學者把他打算在紐約發表的研究論文的其中一部分寄給了我，那篇論文的題目是〈愛迪生、愛因斯坦和黑柳徹子都有LD〉。

被拿來和這些天才相提並論，讓我感到很惶恐，但閱讀了論文之後，發現愛迪生和我一樣，小學讀了幾個月就遭到退學，愛因斯坦也沒有學校可讀，而且他們也都被認為是有點奇怪的孩子。

能夠和這些天才相提並論，的確讓我感到無上的光榮，但我知道不少孩子有LD的問題，卻被認為是父母管教不當，或是責怪孩子不夠努力、自私任性，成為別人眼中的怪胎。這些孩子並不是智力有問題，通常個性都很強，在擅長的領域有很強的學習能力，也在自己喜歡的事上有出色的表現。

世界對於ＬＤ的研究才剛起步，還有很多不明之處，如果能夠儘快了解ＬＤ，周圍人就能夠理解有ＬＤ的孩子，讓他們在成長的過程中充滿自信，否則可能會遭遇霸凌，或是對自己缺乏自信，長大之後，變成足不出戶的繭居族。聽說『家有ＬＤ兒會』的媽媽似乎都認定我有ＬＤ。我向來希望所有的孩子都能夠快樂、開朗的長大，得知這些媽媽都看了《窗邊的小荳荳》，也暗自感到高興。我在《從小開始思考的事》這本書上討論了關於「我曾經有ＬＤ？」的問題，有興趣的人可以參考。

在從初版到改版這二十七年中，小林校長的兒子，曾經擔任我們體育老師的金子巴先生去世了。而在《窗邊的小荳荳》中多次活躍出現，也是我的好朋友高橋彰，他也離開了人世。

我打電話給住在濱松的高橋，說最近要去濱松演舞台劇，他告訴我說，他住院了。我送花去醫院，得知我去濱松時，他剛好回家。我們通電話時，他說因為我送的蝴蝶蘭太漂亮了，所以他拍了照。「我很會拍照，雖然沒辦法去看妳的舞台劇，但我寄照片給妳。」他在電話中的聲音很有精神，不久之後，收到了漂亮的蝴蝶蘭照片。隔了沒多久，他又再度住院，離開了人世。

在他去世後不久，剛好要在濱松上演交響音樂劇《窗邊的小荳荳》，東京交響樂團和擔任旁白的我在那裡舉行了音樂會，高橋這個角色數度出現在這齣音樂劇中，高橋太太帶著他的照片，坐在觀眾席上。我平時總是在音樂聲中，心情愉快的介紹高橋，或是和劇中的他聊天，但那次淚流不止。無論怎麼忍耐，淚水還是不斷順著臉頰滑落。

高橋！我們在巴氏學園的日子很快樂！現在回想起當時的事，我仍然不禁淚流不止。

前面的〈後記〉中提到，我在偶然的機會下得知，「徹子的房間」的製作人佐野和彥先生正在調查小林校長，佐野先生寫了《小林宗作抄傳》這本出色的作品，比我更詳細介紹了小林校長的事。令人難過的是，在該書出版後不久，見證了巴氏學園在自由之丘的原址建了紀念碑後，佐野先生也去世了。

對了對了，要說說紀念碑的事。自由之丘孔雀超市那裡是巴氏學園以前的所在地，在《窗邊的小荳荳》出版後，孔雀超市（也許應該說是當時的大丸總裁）捐贈了一公尺見方的土地，紀念碑就在面向車道的人行道上。紀念碑上的碑文由學長、學姊撰稿，介紹了「自由之丘」的車站名來自我們的學校「自由之丘學園前」，但因為太長了，所以變成了「自由之丘」等內容。

揭幕典禮當天，芭蕾舞界最優雅、最知名的谷桃子女士也大駕光臨，我才知道她是我的學姊，不禁驚訝不已。電影明星津島惠子女士也出席了揭幕典禮，因為我之前並不知道谷桃子女士是我的學姊，所以令我感到很驕傲。紀念碑至今還在，各位有機會路過時不妨參觀一下。我由衷的感謝孔雀超市，因為他們當初承諾，即使日後孔雀超市搬家，那塊土地永遠都屬於巴氏學園的學生。在泡沫經濟時代，能夠許下這樣的承諾很了不起。

我的人生也發生了一些變化。在我寫這本書時，一向硬朗的父親離開了人世。在父親死後，七十歲才開始獨立、發揮個性的母親，在九十五歲時去和父親團聚。向來精神矍鑠、風趣幽默的母親去世時也很有她的風格，前一天和我聊天，最後對我說了聲「拜拜」。當我因為聯合國兒童基金會的工作必須出國時，她從來沒有對我說過：「妳非去不可嗎？」或是「不會危險嗎？」之類的話，總是一派輕鬆的向我揮手說：「路上小心。」也總是對我說：「拜拜。」所以，我每次都能心無罣礙的出發。

母親無論再怎麼擔心，都不會把擔心寫在臉上，在她去世前一天，也對我說「拜拜」。母親真的如願「在睡夢中離開人世」，而且走得很安詳，我以為她在睡覺，但她已經離開了人世。

我家信基督教，朋友寫傳真告訴我，「妳母親是在八月十六日辭世，八月十五日之前是中元節，死去的家人都會回家，妳父親應該也回家了。在十六日那一天，這些死去的家人都離開，所以妳母親一定和妳父親牽著手一起離開。」我看了很高興。

（媽媽！妳和爸爸同行嗎？妳讓爸爸等了很久！）

我們四個兄弟姊妹、孫子和曾孫都揮手送我母親離開，因為母親堅持不希望給別人添麻煩，所以在家人為她舉行葬禮後，才公佈她的死訊。在此向各位曾經關心我母親的人表達感謝，謝謝你們的厚愛。

感謝很多讀者看了《窗邊的小荳荳》後，寄了讀後感想給我，我全都看了，因為實在太多，恕我無法一一回信，但我真的很高興。荳荳很好，目前打算一直工作到一百歲。

對了，關於大家都覺得可愛的愛犬洛基的名字，我曾經問母親，是誰取的名字，母親得意的告訴我：「是我啊。因為牧羊犬雖然體型不大，但很凶悍，讓我想起了洛磯山脈，所以就取了洛基這個名字。」我在母親去世三個月前問了這件事，我很慶幸自己及時發問，得知了這個答案。特地在此補充說明。

敬祝各位讀者身體健康！

衷心祈禱所有的孩子都幸福。

記於二〇〇八年

本書收錄岩崎知弘畫作一覽表

書中刊載頁碼	作品名稱	原始出處	創作年份
書衣封面	戴著深棕色帽子的少女		一九七〇年代前期
封面	放下書包坐著的少女		一九七〇年代前期
書名頁	隔著樹籬張望的孩子	《搬來隔壁的孩子》	一九七〇年
獻詞、書衣封底	拿在指尖上的紅花	《魅力沙龍10為了結婚日》（千趣會）	一九七一年
目次一	貓和背書包的孩子	《入學心得》（《小學一年級》附錄）（小學館）	一九六九年
目次二	在玫瑰花中跳舞的兩人	《雙人舞會》	一九六八年
八頁	淡紫色帽子的少女		一九七〇年代前期
一九頁	坐在教室座位上的孩子		一九六五年
三一頁	拿著一朵小花的洋裝女孩		一九六〇年代前期
四十頁的次頁	穿粉紅色毛衣的少女	Higeta 醬油公司明信片	一九七〇年
五三頁	在教室內回頭的少女		一九五八年
八七頁	在樹下集合的孩子	雜誌《孩子的幸福》一九六七年7月號封面（草土文化）	一九六七年

一〇四頁的次頁	側著臉的少女		一九七〇年代前期
一二九頁	凝視一朵花的少女	雜誌《孩子的幸福》一九六九年4月號封面（草土文化）	一九六八年
一四五頁	肥皂泡中的公主	雜誌《廣場》一九六九年夏季號（至光社）	一九六九年
一四八頁	一群目不轉睛的孩子	雜誌《孩子的幸福》一九六九年4月號（草土文化）	一九六九年
一六八頁的次頁	可愛的捉迷藏	《孩子的歌唱吧唱吧》（實業之日本社）	一九六五年
一七五頁	拿著花和線香的少女	《我的小時候》	一九六七年
二〇九頁	下廚的母女	Higeta醬油公司一景	一九六〇年代後期
二一九頁	削鉛筆的少女	【赤い鳥名作集4】（習作）	一九七三年
二三三頁的次頁	抱著鍋的少年和少女		一九七一年
二三六頁	把口香糖放進嘴裡的女孩		一九七一年
二六二頁	拿著鉛筆思考的男孩和女孩		一九七一年
二八〇頁	側臉少女	《搬來隔壁的孩子》（習作）	一九七〇年

*以上作品在刊載時，只使用局部或加以修飾。

經典故事坊 26

窗邊的小荳荳

作　　者｜黑柳徹子（Tetsuko Kuroyanagi）
繪　　者｜岩崎知弘（Chihiro Iwasaki）
翻　　譯｜王蘊潔

責任編輯｜陳婕瑜
美術設計｜蕭華
封面設計｜霧室設計
行銷企劃｜高嘉吟

天下雜誌群創辦人｜殷允芃　董事長兼執行長｜何琦瑜
媒體暨產品事業群
總經理｜游玉雪　副總經理｜林彥傑　總編輯｜林欣靜
行銷總監｜林育菁　副總監｜李幼婷
版權主任｜何晨瑋、黃微真

出 版 者｜親子天下股份有限公司
地　　址｜台北市 104 建國北路一段 96 號 4 樓
電　　話｜（02）2509-2800　傳真｜（02）2509-2462
網　　址｜www.parenting.com.tw
讀者服務專線｜（02）2662-0332　週一～週五：09:00~17:30
傳　　真｜（02）2662-6048　客服信箱｜parenting@cw.com.tw
法律顧問｜台英國際商務法律事務所・羅明通律師
總 經 銷｜大和圖書有限公司　電話：（02）8990-2588
出版日期｜2015 年 7 月第一版第一次印行
2024 年 5 月第二版第四次印行
定　　價｜500 元
書　　號｜BKKCF026P
I S B N｜978-626-305-624-4（精裝）

訂購服務
親子天下 Shopping｜shopping.parenting.com.tw
海外・大量訂購｜parenting@cw.com.tw
書香花園｜台北市建國北路二段 6 巷 11 號　電話（02）2506-1635
劃撥帳號｜50331356　親子天下股份有限公司

立即購買 >

國家圖書館出版品預行編目（CIP）資料

窗邊的小荳荳 / 黑柳徹子著；王蘊潔譯. -- 第二版. -- 臺北市：親子天下股份有限公司, 2023.12
面；　公分. --（經典故事坊；26）
譯自：窓ぎわのトットちゃん
ISBN 978-626-305-624-4(精裝)

861.59　　104012656

《MADOGIWA NO TOTTO CHAN》